HYGIÈNE

DE

LA BOUCHE.

L'auteur reçoit chez lui, pour opérations et consultations, tous les jours de huit heures du matin à cinq heures du soir, quai de l'École, n° 12, côté du Louvre.

PARIS. — IMPRIMERIE DE COSSON,
rue Saint-Germain-des-Prés, n° 9.

HYGIÈNE
DE LA BOUCHE,

OU

TRAITÉ DES SOINS QU'EXIGENT L'ENTRETIEN

DE LA BOUCHE

ET LA CONSERVATION DES DENTS;

SUIVIE DE

L'EXPOSÉ

DE PLUSIEURS EXPÉRIENCES PROPRES A CONSTATER L'EFFICACITÉ
DU CHLORURE DE CHAUX DANS LA DÉSINFECTION DE L'HALEINE,
QUELLE QUE SOIT LA CAUSE DE SA FÉTIDITÉ.

PAR O[RE] TAVEAU,

CHIRURGIEN-DENTISTE, MEMBRE DE PLUSIEURS SOCIÉTÉS SAVANTES
NATIONALES ET ÉTRANGÈRES.

Je tiens plus à conserver qu'à détruire.

QUATRIÈME ÉDITION,
CORRIGÉE ET AUGMENTÉE.

A PARIS,

CHEZ BÉCHET, LIBRAIRE,
PLACE DE L'ÉCOLE-DE-MÉDECINE, N° 4 ;
L'AUTEUR, QUAI DE L'ÉCOLE, N° 12.
ET LES PRINCIPAUX LIBRAIRES.

1833.

PRÉFACE.

Deux choses décident ordinairement du succès d'un ouvrage, la bonté des principes qu'il renferme, ou les circonstances au milieu desquelles il paraît. La plupart des auteurs sont très-disposés à attribuer ce succès à la première de ces deux choses. Pour moi je ne me suis point fait illusion à cet égard, j'ai regardé la rapidité avec laquelle se sont écoulées les trois premières éditions de ce livre, non comme une preuve de mon mérite personnel, mais tout simplement comme un résultat des progrès d'un

luxe bien entendu, qui fait des soins
de propreté de la bouche une nécessité de notre époque. Ce motif, et l'absence de tout autre ouvrage sur l'hygiène de la bouche, m'ont encouragé
à publier cette quatrième édition ; je
n'ambitionne, en le faisant, d'autre
mérite que celui de rendre mes idées
de plus en plus dignes de l'accueil
bienveillant qu'elles ont déjà reçu, et
je n'ai d'autre but que d'augmenter le
nombre des personnes qui pensent
avec raison qu'avec des soins journaliers on peut se soustraire à tant de
douloureuses opérations auxquelles
notre art est si souvent contraint.

Nota. Tout ce qui regarde les soins à donner à la bouche, chez les adultes, est spécialement indiqué au chapitre III de cet ouvrage.

TRAITÉ

DES SOINS QU'EXIGENT L'ENTRETIEN DE LA
BOUCHE ET LA CONSERVATION DES DENTS.

INTRODUCTION,

ou

DISCOURS PRÉLIMINAIRE

DESTINÉ A FAIRE RESSORTIR L'IMPORTANCE DES SOINS QUE
RÉCLAME L'ENTRETIEN DE LA BOUCHE.

IL est dans l'Hygiène, ou la science qui
traite de la conservation de la santé, une
vérité première et fondamentale ; c'est
que les soins que nous donnons aux différentes parties de notre corps doivent
être proportionnés au nombre et à l'im-

portance des fonctions confiées aux organes qui les composent : or, il en est
peu, sous ce rapport, qui méritent une
attention plus soutenue que la bouche.

Siége du goût, c'est elle qui nous fait
acquérir la connaissance des qualités sa-
pides des corps, et nous offre ainsi pour
notre conservation, par l'intermède de
ce sens précieux, des avis qui se renouvellent à chaque instant sous le caractère
séduisant du plaisir. Auxiliaire presque
indispensable de l'estomac dans l'acte de
la digestion, c'est elle qui fait subir aux
substances étrangères dont nous faisons
notre nourriture habituelle, le premier
de ces changemens successifs, en vertu
desquels elles deviennent pour chaque
organe les élémens de sa nutrition et les
matériaux de son accroissement.

Telle est l'importance de la bouche,

seulement sous ce double rapport du goût et de la digestion, que tous les médecins, anciens et modernes, qui se sont occupés soit de rechercher les rapports qui existent entre la structure des êtres organisés et les phénomènes dont sont chargés leurs organes, soit de déterminer les conditions sur lesquelles repose chez eux la conservation de la vie, n'ont rien négligé de ce qui pouvait conduire à la connaissance intime de sa composition.

Les poëtes eux-mêmes, dont le génie s'enflamma toujours à l'idée de tout ce qui peut contribuer au bien-être de l'homme, ont chanté les douceurs du goût et les avantages de la mastication; et si nous consultions l'histoire, nous trouverions que plusieurs peuples ont attaché tant de prix aux fonctions de la bouche, qu'ils ont fait des précautions

desquelles dépend son état de santé naturel, tantôt l'objet de soins légalement
obligatoires (1); tantôt le sujet de préceptes religieux (2).

Mais quelque nécessaire que soit l'intégrité de la bouche pour l'entretien de
la vie et la conservation de la santé, tout
ce qu'on a pu faire ou dire à son égard
semblerait peut-être exagéré, si cette
partie ne procurait encore à l'homme
quelque chose de plus que des intérêts
purement matériels, ou, pour mieux
dire, si elle ne contribuait de la manière
la plus directe à multiplier les jouis-

---

(1) Il était défendu il y a encore peu d'années aux Turcs de se faire arracher une dent
sans l'autorisation expresse d'un officier public.

(2) *Voyez* les lois de Moïse.

sances de son être moral en agrandissant la sphère de sa vie de relation.

La bouche n'est-elle pas en effet le centre et la partie la plus remarquable de la physionomie, ce miroir si rarement trompeur sur lequel viennent se peindre tous les sentimens qui peuvent agiter le cœur humain, ce transparent vivant de l'âme qui tout à coup nous séduit ou inspire de l'aversion.

Faisant de la bouche l'objet d'un culte non moins cruel que ridicule, quelques peuples sauvages ont pu, dans cette dépravation du goût qui accompagne l'ignorance et la barbarie, faire subir aux lèvres et aux dents d'horribles mutilations, et outrager ainsi la nature en voulant l'orner. Mais s'il est une vérité qui ne s'est jamais démentie, c'est que tous les peuples civilisés, toutes les nations chez lesquelles la culture des beaux-arts a produit une connaissance intime de l'harmonie qui doit régner dans les formes humaines, et amène par suite ce sentiment exquis et délicat du beau, n'ont pas plus varié sur la part que prend une bouche saine et régulière dans la beauté et l'agrément de la physionomie, que sur le genre de soins dont les différentes parties qui la composent sont susceptibles.

A Athènes comme à Rome, et à Paris comme à Athènes, des dents sales, rongées par la carie ou couvertes de tartre, une haleine fétide, ont été des sujets de dégoût et des motifs d'éloignement; tandis qu'il y a deux mille ans comme aujourd'hui, et dans deux mille ans comme demain, des lèvres fraîches, une haleine pure, des dents blanches et régulièrement placées, des gencives vermeilles ont été et seront assurément le plus vanté comme le plus piquant des attraits.

Tels sont même l'impression forte et l'ascendant irrésistible que peut exercer sur nous l'aspect que donnent à la physionomie certaines dispositions de la bouche, que nous nous trouvons quelquefois engagés pour la vie dans des nœuds indissolubles par un seul mouvement des lèvres et par la toute-puissance d'un sourire. Et, par un contraste frappant, que de personnes, hommes ou femmes, ne doivent qu'à l'aspect désagréable que donne à la figure une bouche négligée, l'éloignement de celles dont elles désiraient l'alliance ou l'amitié!

Les avantages que l'homme retire, dans ses rapports sociaux, de l'intégrité de la bouche, considérée comme partie essentielle de la physionomie, sont donc in-

contestables ; eh bien! ils ne sont rien
encore en comparaison de ceux qu'elle
lui procure comme organe de l'articulation de la voix, comme instrument de la
parole ; cette faculté précieuse qui lui
fournit les moyens d'exprimer d'une manière facile, claire et prompte, ses sen-
sations, ses sentimens, ses affections,
tout ce qui résulte, en un mot, de l'exercice de ses facultés intellectuelles.

Il n'appartient qu'aux hommes qui,
par la nature de leurs fonctions, sont appelés à parler en public et à convaincre
l'esprit de leurs semblables par les charmes entraînans de l'éloquence et les gra-
ces de l'élocution, de sentir tout le prix
d'une bouche saine et pure, et les soins,
pour ainsi dire religieux, que nous de-
vons apporter à sa conservation.

Interrogeons cet avocat qui, par les

ressources de l'art sublime de la parole,
maîtrise l'esprit de ses juges au point
d'enchaîner leur raison ; cet acteur qui,
par les seules inflexions de sa voix, rend
tellement sensible la pensée qu'il est
chargé d'exprimer, qu'il nous arrache
malgré nous des larmes ou des soupirs ;
et cette actrice, enfin, dont la voix pure
et sonore produit ces sons harmonieux
dont le charme entraînant nous subjugue et nous enivre ; tous nous diront
que la bouche est l'instrument de tant
de prestiges, et que, sans les soins qu'ils
prennent de conserver leurs dents ou de
masquer leurs imperfections par quelque
secret de notre art, leur voix ne serait,
dans bien des cas, qu'un sifflement continuel, et souvent même un glapissement
obscur.

Le grand nombre, et surtout la nature

particulière des usages de la bouche, démontrent donc assez clairement toute
l'importance de l'étude des maladies qui
peuvent affecter les parties qui la composent, et justifient assez l'opinion des
médecins qui, de temps immémorial,
ont établi la nécessité de faire de ces
maladies l'objet d'un art essentiellement
distinct des autres branches de la médecine, sinon dans son étude, du moins
dans sa pratique.

Cet art, malheureusement, après avoir
été connu et cultivé avec succès par les
anciens, resta pendant plusieurs siècles
plongé dans le plus profond oubli, et il
ne sortit de cet oubli que pour être ex-
ploité par les mains avides de l'empirisme
le plus aveugle et du plus honteux charlatanisme, dont les travaux de Fauchard,
de Bunon, de Bourdet, de Jourdain, et

de quelques autres hommes recomman-
dables, ne l'ont enfin arraché qu'avec
peine sur la fin du siècle dernier.

Depuis cette époque, la médecine dentaire, se ressentant de l'heureuse impulsion que l'esprit investigateur de notre
siècle a imprimée à toutes les parties de
l'art de guérir, et trouvant surtout un
puissant motif d'émulation dans le prix
que les progrès toujours croissans du luxe
nous portent à attacher à tout ce qui
peut relever l'éclat de la beauté, s'est
enrichie de nouvelles découvertes et a
fourni matière à plusieurs ouvrages.

Mais il est juste de le reconnaître, et
il faut le dire, la plupart de ces ouvrages
ne représentent notre art que comme un
art purement mécanique, dont le principal mérite est d'exercer sur les dents
quelque opération minutieuse, ou d'ap-

pliquer dans la bouche quelques *pièces* artificielles, et qui croirait déroger s'il s'occupait un instant de conserver la bouche intègre en prévenant ses maladies.

Aussi tous ceux qui, se destinant à cet art, prennent ces ouvrages pour guides, se trouvent naturellement détournés de l'étude de la physiologie et de l'hygiène générales, sans lesquelles le dentiste, quelque adroit qu'il soit, ne sera pourtant jamais qu'un praticien borné et servilement assujéti aux opérations de la main, qu'un artisan exercé qui opère machinalement, et dont le défaut sera d'être toujours trop prêt à opérer.

Vérité incontestable, et que doivent reconnaître aujourd'hui tous les esprits judicieux, mais à laquelle me semble avoir trop peu sacrifié M. Maury, qui, dans son *Traité complet de l'Art du Dentiste*, ouvrage d'ailleurs très-remarquable sous le rapport de la division des matières qu'il renferme, accorde à peine quelques pages à l'*hygiène de la bouche*.

Convaincu par expérience que l'inconvénient le plus commun des opérations faites dans la bouche était souvent d'être trop tardives, et que les personnes qui les subissent n'en recevaient par conséquent dans bien des cas qu'un soulagement passager, j'ai reconnu qu'on avait jusqu'ici beaucoup trop négligé de remonter à la cause des maladies des dents, et je résolus de donner aux moyens de conserver ces précieux organes la même attention que tant d'autres ont accordée à la manière de les arracher ou de les remplacer.

Mon intention n'était d'abord que de publier le résultat de quelques observations particulières et de quelques recherches que j'avais faites sur la conservation des dents ; mais plus j'approfondissais le sujet, plus j'entrevoyais l'immensité du champ qu'il me donnait à parcourir ; car je restai bientôt persuadé que pour traiter convenablement l'hygiène de la bouche, il fallait nécessairement franchir les bornes que les usages ont assignées au dentiste dans l'étude de la médecine, c'est-à-dire étudier tous les points de l'hygiène en général avec une égale attention, pour appliquer ensuite à la bouche les principes de cette science tout entière.

Sans doute en entreprenant la tâche que je me suis imposée, je ne me suis point fait illusion sur la difficulté de son

exécution, et je ne me suis point dissi-
mulé les critiques auxquelles elle pourra
donner lieu de la part de quelques dentistes qui croiront à tort les intérêts de
notre art compromis. Mais ne serai-je
pas suffisamment dédommagé de mes
peines si, en développant les soins sur
lesquels reposent, à toutes les époques
de la vie, l'entretien de la bouche et la
conservation des dents, et en le faisant
d'une manière tellement claire, que tout
le monde puisse les appliquer à soi-même,
je parviens à rendre inutile le ministère
effroyable de tant de charlatans dont les
manœuvres honteuses tendent à faire
croire que notre art ne consiste qu'en un
tissu d'actions fallacieuses, quand il ne
se montre pas disposé à appliquer sur
les dents quelque instrument de douleur !

Je sais que l'idée d'enseigner pour
ainsi dire à tout le monde l'art de conserver des dents saines et belles jusqu'à
une extrême vieillesse, n'est pas une idée
entièrement nouvelle ; mais cette idée me
semble n'avoir été nulle part développée
convenablement pour procurer tout le
bien qu'on est en droit d'en attendre.

Me citerait-on l'ouvrage que M. Duval
a publié sous le titre de *Dentiste de la
Jeunesse ?* Je reconnaîtrais que cet ouvrage, de même que toutes les autres
productions de cet illustre maître, renferme des choses précieuses, et offre un
tableau complet de l'éruption des dents,
et des soins qui peuvent la rendre régulière ; mais il est juste de convenir que
le caractère scientifique y domine trop,
et que les préceptes d'hygiène s'y trouvent ensevelis sous une foule de vers ou

de citations, du milieu desquels peu de personnes étrangères à l'art ont eu le courage de les arracher.

Quant au *Dentiste des Dames*, de M. Lemaire, cet ouvrage a pu séduire par son titre et sa forme; mais aussitôt qu'on l'eût quelque peu examiné, on reconnut qu'il fourmillait de digressions étrangères au sujet, et on blâma ouvertement ce ton de prétention et d'afféterie, et ce style ampoulé qu'on y remarque d'un bout à l'autre. Si on veut, si on exige même aujourd'hui que les sciences ou les arts utiles trouvent un langage qui rende leur étude accessible à tout le monde, on veut aussi qu'on les fasse s'exprimer avec grâce et clarté, et non en phrases romantiques ou en style de madrigal.

Quoi qu'il en soit, d'ailleurs, du mé-

rite de ces ouvrages, ils ont pu suffire
pour l'époque où ils ont paru ; mais les
progrès tout récens de l'art si important
de conserver la santé, permettent, aujourd'hui, de remonter plus directement
à la source de toutes les maladies des
dents, et les besoins de la société exigent
en même temps sur chacun des principaux points de cette science un travail
aussi précis dans son plan que simple
dans son exécution, mais dégagé, avant
tout, autant que possible, des termes
scientifiques qui en rendraient la lecture
difficile aux personnes étrangères à la
médecine.

Aujourd'hui la bouche est généralement le miroir de la propreté ou de la
négligence, et à cet égard un œil un
peu scrutateur juge sévèrement. Telle
est même l'opinion commune qu'on a de

la malpropreté de la bouche, qu'on se surprend quelquefois à faire aux autres des reproches qu'on mérite soi-même.

On commence aussi à comprendre que, puisque, de toutes les douleurs auxquelles les maladies assujettissent l'homme, il n'en est point qui soient plus insupportables que celles qui résultent de certaines affections des dents, on devient coupable envers soi-même, et blâmable aux yeux de tous, de ne pas chercher de bonne heure à se mettre à l'abri de tant de maux par des soins de propreté ou par les secours d'un art qui, consulté à temps, peut prévenir des accidens fâcheux.

Ce que la crainte de la douleur a commencé, le désir de se conformer à un luxe naturel et bien entendu l'achèvera; peut-être même ne sommes-nous pas loin

2

du moment où chacun de nous craindra
l'application de cette idée forte, mais
juste, de Lavater : *Celui qui n'a pas
soin de ses dents trahit, par cette négligence, des sentimens ignobles.*

Ce sont les femmes principalement,
dont la destinée tout entière est de plaire
et de charmer ; elles qui n'ont pas dans
la vie un seul désir, un seul besoin qui
ne se rattache à l'envie de nous séduire
et de mériter nos hommages ; ce sont les
femmes, dis-je, qui commencent à sentir
tout le prix qu'il faut attacher à la conservation de leurs dents : elles s'aperçoi-
vent plus que jamais qu'une femme est
rarement laide avec de jolies dents, tandis qu'il lui est impossible, même avec
les plus jolis traits du monde, d'offrir
l'aspect de la beauté, si sa bouche renferme des dents dont la carie se dispute

les derniers vestiges ; et elles reconnais-
sent enfin qu'il n'est point de parure si
brillante qni puisse faire oublier leur
perte.

Jaloux de seconder ce désir bien loua·
ble qu'elles montrent de briller par des
attraits naturels , j'écris surtout pour
elles, et je leur dédie mon ouvrage.
Quelque soin que j'aie pris à le rendre
à la fois plus clair et plus concis, il est
imparfait sans doute ; mais, tel qu'il est,
je le crois susceptible de produire quelque bien, et par conséquent je ne pense
pas qu'il soit tout-à-fait indigne de leur
suffrage. Qu'elles consacrent à sa lecture
une légère partie du temps qu'un grand
nombre d'entre elles donnent à de frivo-
les occupations, et peut-être que toutes
celles qui l'auront médité et auront fait
sur elles-mêmes, et surtout sur leurs en-

fans, l'application des principes qu'il
renferme, applaudissant aux vues qui
l'ont dicté, le mettront au nombre des
livres dont doit se composer la biblio-
thèque d'une mère de famille et d'une
maîtresse de pension.

Platon veut qu'on instruise les femmes,
parce qu'elles ont une grande influence
sur la constitution physique et morale
de l'homme, et par suite sur le sort des
nations. Mais quelle science importe-t-il
donc alors le plus de leur apprendre
que celle de conserver et de bien élever
leurs enfans? Car, j'en appelle ici au témoignage de la plupart des mères, en est-
il une seule qui, en voyant le fruit de
ses amours traîner une existence douloureuse, n'échangeât mille fois l'éclat que
peuvent jeter sur elle les arts d'agrément
dont l'étude a occupé toute sa jeunesse,

contre le bonheur si doux de connaître par quels moyens elle aurait pu préserver son enfant de la douleur?

C'est donc au philosophe moraliste à déployer toutes les ressources de l'éloquence pour exciter l'enthousiasme maternel; mais c'est aux médecins, aux médecins seuls, chacun en ce qui le concerne plus particulièrement, à se charger du soin de diriger convenablement cet enthousiasme.

Le désir de remplir une aussi noble tâche a guidé ma plume. Puissé-je donc ne pas être trompé dans l'espérance flatteuse que j'ai d'être utile aux femmes, et surtout aux mères! et je jouirai d'un bonheur que ne saurait affaiblir ni le souvenir de quelques peines, ni la crainte de la critique, à laquelle s'expose tout

homme que l'amour du bien porte à res-
treindre le domaine de l'erreur ou l'empire des préjugés !

CHAPITRE PREMIER.

DE LA SORTIE DES PREMIÈRES DENTS, ET
DES MOYENS DE PRÉVENIR ET D'AR-
RÊTER LES MALADIES QU'ELLE PEUT
OCCASIONER.

———

§ Ier.

De l'Ordre dans lequel sortent les premières Dents, ou Phénomènes de la première Dentition.

UNIFORME dans sa marche comme dans ses vues, la nature a imposé à tous les êtres organisés une loi commune : elle a voulu que leur vie ne fût qu'une série continue d'actes, dont les résultats généraux sont l'accroissement et le dépérissement. L'homme ne fait point exception à cette loi générale; aussi le cours entier de son existence est-il évidemment partagé en deux époques essentiellement distinctes : l'une, pendant laquelle son corps acquiert de jour en jour un nouveau degré de perfection par le développement de ses organes et celui des fonctions qu'ils exécutent; l'autre, durant laquelle au contraire il décroît, en perdant progressivement le principe qui l'animait.

La première de ces deux époques, celle de l'accroissement, est assurément la plus remarquable; elle se distingue par un ordre de phénomènes qui tiennent à la nature de la partie qui se développe et au caractère du rôle qui lui est confié. Réguliers, ces phénomènes sont, pour celui chez lequel ils s'opèrent, une cause réelle d'accroissement et de perfection; irréguliers, ils deviennent un véritable motif de souffrance et de mort : les premiers tiennent à la nature exerçant librement son empire sur les corps qu'elle a formés; les se-

conds dépendent des écarts de cette
même nature contrariée par nos institutions et par les causes physiques
sous l'empire desquelles nous vivons.

L'apparition des dents est sans contredit un des plus importans de ces
phénomènes; elle a lieu à un âge où la
douleur a de grands effets, où le trouble
d'une partie va promptement retentir
dans le reste du corps. Aussi est-elle
une époque remarquable dans la vie
de l'homme; et s'il est tout-à-fait indispensable que le médecin étudie profondément et en détail tous les actes
qui la composent, pour pouvoir combattre avantageusement les nombreux
désordres qu'elle peut amener avec
elle : une idée précise de la manière
dont elle s'effectue peut seule aussi
mettre les personnes qui se chargent
de l'éducation de la première enfance
dans le cas de prévenir ces désordres,
et même d'en suspendre les dangereux
effets, dans les circonstances où l'inter-

2*

vention d'un médecin serait jugée impossible.

L'enfant, quelques mois après sa naissance, ne trouvant plus dans le sein de sa nourrice une nourriture proportionnée à l'importance de ses besoins, doit nécessairement recourir à des alimens plus solides et plus abondans; c'est aussi à cette époque que ses mâchoires s'arment de pièces nécessaires à la trituration des substances alimentaires. Vingt dents, dix à chaque mâchoire, se présentent successivement deux à deux, c'est-à-dire une pour chacun des deux côtés de la mâchoire.

C'est presque toujours du sixième au septième mois après la naissance que les premières dents commencent à percer les gencives. Les premières que l'on voit paraître sont ordinairement les deux dents de devant de la mâchoire inférieure, qui sortent tantôt en même temps, tantôt séparément, à quinze jours ou trois semaines de distance. Quelque temps après, les correspondantes de la mâchoire supérieure se manifestent aussi, soit simultanément, soit isolément. Les dents voisines d'en bas ne tardent pas à percer les gencives, une à gauche et l'autre à droite, et sont bientôt suivies de celles d'en haut. Ces huit dents ont reçu le nom de *cunéiformes*, à cause de leur ressemblance avec un coin, et celui d'incisives, parce que ce sont elles qui servent à couper et à diviser les alimens. Les deux premières sont distinguées par le nom de moyennes, et les deux autres par celui de latérales.

Vers la fin de la première année, deux dents paraissent encore à chaque mâchoire, une de chaque côté, en commençant toujours par celle d'en bas. Celles-ci portent le nom de canines, parce qu'elles dépassent les autres dents, à peu près comme chez les chiens, et celui de laniaires par rapport

à la facilité avec laquelle elles rompent
et déchirent les alimens soumis à leur
action. Celles d'en haut, les plus longues de toutes les dents, sont vulgairement appelées œillières, à cause de
leur position par rapport à l'œil, avec
lequel il est important de noter qu'elles
n'ont absolument rien de commun.

Il est rare qu'il paraisse de nouvelles
dents avant l'âge de dix-huit mois ou
deux ans. Il en sort alors deux à chaque mâchoire, une à droite, l'autre à
gauche, en commençant par celle d'en
bas; et à ces quatre en succèdent bientôt quatre autres, qui suivent le même
ordre dans leur apparition, et qui,
réunies aux quatre précédentes, forment huit molaires ou mâchelières :
elles ont reçu ce nom parce qu'elles
servent à broyer ou à triturer les alimens. Elles le partagent avec les douze
dents qui viendront plus tard, et desquelles on les distingue par la déno-
mination de petites.

Dès que la sortie de ces vingt dents est achevée, on est tranquille sur la dentition, et l'on dit alors que l'enfant a toutes ses dents, parce qu'il ne doit plus en survenir d'autres avant quatre ans et demi ou cinq ans.

A cet âge, quelquefois même plus tard, vers la sixième année, se fait l'éruption de quatre autres dents molaires, dont deux à chaque mâchoire. Celles-ci sont plus grosses que celles du même ordre qui ont apparu vers la deuxième année, desquelles elles diffèrent encore en ce qu'elles ne sont pas renouvelées et sont permanentes, tandis que les vingt premières sont temporaires. Elles peuvent être considérées comme le passage intermédiaire de la première et de la seconde dentition : elles forment par la suite les premières grosses molaires.

Lorsque toutes les dents dont je viens de parler sont sorties, elles complètent le nombre de vingt-quatre

dents, dont douze à chaque mâchoire;
on les appelle dents de lait parce que
la plupart viennent pendant que l'enfant est encore à la mamelle; elles
doivent toutes tomber et être remplacées par de nouvelles, excepté les
quatre dernières, qui, comme je viens
de le dire, sont permanentes.

D'après ce simple exposé, on voit
qu'on peut distinguer trois époques
bien marquées dans le travail de la
première dentition; cette distinction
ne sera pas inutile, comme on le
verra par la suite, quand je traiterai
des accidens qui peuvent survenir pendant cette période de la vie de l'enfant,
et des moyens qu'on peut employer
pour les prévenir ou les combattre.

La première époque s'étend depuis
le sixième ou le septième mois après la
naissance, jusqu'à dix-huit mois ou
deux ans; la seconde, depuis l'âge de
deux ans jusqu'à celui de quatre ans et
demi ou cinq ans; et la troisième, en-

fin, depuis ce dernier âge jusqu'à la chute des dents temporaires ou primitives, c'est-à-dire jusqu'à six ou sept et même huit ans.

Pendant la première de ces trois époques sortent les huit incisives et les quatre canines ; pendant la deuxième, les huit petites molaires, et pendant la troisième les quatre grosses du même nom.

La sortie ou l'éruption des dents de lait ne se fait pas toujours dans l'ordre que je viens d'indiquer ; elle commence quelquefois plus tôt et d'autres fois plus tard, mais rarement néanmoins avant le sixième mois de la naissance, et rarement aussi après le quatorzième.

Cependant on a vu des enfans qui ont eu à cet égard une extrême précocité, puisque quelques-uns sont nés avec des dents (1) ; il semble naturel,

----

(1) Louis XIV naquit avec deux incisives in-

au premier abord, de croire que la présence de ces dents était une preuve de développement extraordinaire et l'indice d'une forte constitution : mais l'expérience a démontré quelquefois le contraire ; car plusieurs de ces enfans étaient faibles et délicats, et n'ont vécu que très-peu de temps.

D'autres fois les premières dents ne sortent que très-tard, comme à dix-huit, vingt mois et même deux ans. Leur éruption dans ce cas se fait en général à des époques plus rapprochées les unes des autres, et quelquefois presque toutes en même temps.

Ce retard n'est pas toujours exempt de danger pour l'enfant, comme on le verra lorsqu'il s'agira des accidens de la première dentition : car la nature dévie rarement de sa marche ordinaire, sans que ce soit au préjudice de

férieures. et Mirabeau avec deux grosses molaires.

la régularité de ses actes ou, pour mieux dire, au détriment de la santé.

Comme, des détails dans lesquels nous sommes entrés à l'égard de la sortie de chaque dent, il pourrait résulter quelque oubli relativement à la marche naturelle de la première dentition, j'ai pensé qu'il serait utile d'en représenter ici d'un seul trait le tableau exact, en faisant toutefois observer que ce tableau n'exprime que les époques les plus fréquentes, celles qui résultent de l'observation de tous les médecins physiologistes qui ont écrit sur la dentition.

Première Dentition, ou époque de la sortie des Dents de lait.

1re *Epoq.*
- De 6 à 8 mois les 4 incisives moyennes.
- De 8 à 10 — les 4 incisives latérales.
- De 10 à 13 — les 4 canines.

2e *Epoq.*
- De 15 à 20 mois les 4 1res petites molaires.
- De 20 à 36 — les 4 2es petites molaires.

3ᵉ Epoq. { De 6 à 7 ans les 4 premières grosses molaires qui ne seront pas remplacées.

§ II.

Des Accidens auxquels peut donner lieu la sortie des premières Dents.

Les accidens souvent funestes, qui ne sont que trop fréquens chez les enfans à l'époque de la sortie des premières dents, ont porté quelques médecins à regarder la dentition comme une maladie. Mais elle ne peut pas plus être considérée comme telle que l'accouchement naturel : l'une et l'autre sont des opérations de la nature, qui exposent les individus chez lesquels elles s'accomplissent à des dangers plus ou moins grands, et dont la douleur est la compagne presque inséparable.

Ce ne sont pas d'ailleurs les seules fonctions qui soient sujettes à de tels inconvéniens ; la menstruation, surtout lorsqu'elle commence à s'établir chez les jeunes filles, ne les expose-t-elle pas à beaucoup d'accidens? Cependant on ne peut la regarder comme une maladie, puisque son entier accomplissement est la condition sans laquelle il n'y a point de santé parfaite chez les femmes (1).

La douleur est, sans contredit, l'accident le plus fréquent de tous ceux auxquels sont exposés les enfans à l'époque de la dentition ; quelques médecins l'ont même regardée comme la cause principale de tout le désordre qui survenait à cette époque : mais les raisons qu'ils ont apportées à l'appui de cette opinion sont aussi défectueuses que l'application qu'on donne généralement de la cause qui la détermine. La

---

(1) « Sans elle, la beauté ne naît point ou meurt ; l'âme tombe dans la langueur et le corps dans le dépérissement. » (Roussel, *Système physique et moral de la femme.*)

douleur est ici plus souvent un effet
qu'un motif; mais comment est-elle
produite ? C'est une question qui n'a
pas encore été entièrement résolue; car
les tiraillemens que les gencives éprouvent de la part des dents qui pressent
sur elles, et auxquels on attribue ordinairement cette douleur, sont certainement insuffisans pour rendre raison
des accidens formidables qui moisson-
nent un si grand nombre d'enfans.

Ce qu'il y a de certain à ce sujet,
c'est que la constitution particulière
de l'enfant entre pour beaucoup dans
le développement de ces accidens. L'observation prouve en effet que la dentition est en général plus fréquemment
pénible chez les enfans faibles et délicats, atteints de quelque vice, chez
ceux qui sont mal nourris, qui sont nés
de parens affectés de quelque maladie
héréditaire, mais surtout d'une mère
irritable, douée en un mot de ce qu'on
appelle un tempérament nerveux.

Il ne faut pas croire cependant que les enfans forts et bien constitués soient exempts de tout danger. Bien plus : quand ils sont atteints, les accidens sont en général plus intenses que chez les autres, et même ils y succombent plus promptement.

Quelque difficile qu'il soit de préciser rigoureusement les dents dont la sortie est accompagnée de plus d'accidens, on peut cependant avancer qu'en général ceux qui surviennent pendant la première époque de la première dentition sont moins graves et moins fréquens que ceux qui surviennent pendant la seconde, et la troisième y est encore moins exposée que les deux premières; de telle sorte que c'est avec raison qu'on regarde la sortie des huit petites molaires comme la plus dangereuse, car elle est très-souvent accompagnée de convulsions.

Cependant l'opinion des médecins est encore divisée à cet égard; ce dont

nous prenons acte pour prouver qu'on
a généralement exagéré les dangers
qui accompagnent l'éruption des dents
aussi bien que leur remplacement.

Lorsque les dents sortent presque
toutes en même temps, quelle que
soit d'ailleurs l'époque, leur éruption
est en général plus dangereuse que
lorsque la sortie est successive. Enfin
cette éruption est plus pénible lorsqu'elle est précoce que lorsqu'elle est
tardive, et est d'autant plus à craindre
que le nombre des dents qui sortent
à la fois est plus grand.

Lorsque les premières dents sont
prêtes à sortir, l'enfant éprouve d'a-
bord aux gencives de la démangeaison
et un prurit, qui l'engagent à porter
ses doigts dans sa bouche, ou tous les
corps qu'il peut saisir, et à les mordil-
ler. Il éprouve un sentiment de chaleur dans la bouche qui est un peu
sèche : bientôt on aperçoit aux gencives un peu de rougeur et de gonfle-

ment; il survient un mouvement de fièvre : l'enfant a de l'agitation, et tourmente le sein de sa nourrice. Tant que cet état est modéré, on ne peut le regarder comme le signe d'une dentition difficile, car il est bien peu d'enfans qui ne l'éprouvent en tout ou en partie.

Malheureusement cet état ne se borne pas toujours là, surtout au moment de l'éruption des dents canines ou des petites molaires. Le gonflement des gencives devient alors beaucoup plus intense; elles sont très-rouges, dures, douloureuses et chaudes au toucher. Quelquefois même leur tension est si considérable qu'elles paraissent menacées de gangrène : la bouche, très-sèche et aride, présente souvent dans son intérieur des aphtes, soit aux lèvres, soit aux gencives.

Il n'est pas rare de voir survenir du gonflement aux glandes qui sont si-

tuées sous la mâchoire inférieure, et
une salivation abondante.

Si on porte l'attention ailleurs que
vers la bouche, on voit que les joues
sont rouges et chaudes, la fièvre vio-
lente : l'enfant dans son agitation porte
continuellement ses mains sur son visage et dans sa bouche ; prend , quitte
et reprend sans cesse le sein de sa nourrice, et ne peut s'endormir qu'entre
ses bras. Ses yeux abattus expriment
un état de langueur dont le sentiment
douloureux l'accable d'abord plus
qu'il ne s'agit.

Son sommeil, qui était auparavant
paisible et de longue durée, est troublé, souvent interrompu et même
tout-à-fait impossible ; il s'agite et crie
continuellement : le sein de sa nourrice, qui naguère lui apportait le
calme et le repos, n'a plus pour lui
cette précieuse vertu. Si l'insomnie
n'est pas complète, à peine commence-
t-il à s'endormir, que des soubresauts

le réveillent. Quelquefois il survient une toux plus ou moins fréquente, de la difficulté de respirer, même des vomissemens et des mouvemens spas-modiques.

Le relâchement du ventre et le dé-voiement accompagnent assez souvent les symptômes dont je viens de parler. Le malade (car il mérite malheureuse-ment ce nom) est tourmenté par des tranchées, rend des selles liquides, fréquentes, verdâtres, quelquefois assez fétides. En général, le dévoie-ment, lorsqu'il n'est pas fort, doit être regardé, ainsi que la salivation, comme une évacuation favorable et salutaire, qu'il faut plutôt entretenir qu'arrê-ter.

Les convulsions sont un des acci-dens les plus dangereux de ceux qui accompagnent fréquemment la pre-mière dentition. Tantôt elles survien-nent seules; d'autres fois, et cela bien plus fréquemment, elles se joignent

3

aux accidens précédens, dont elles aggravent le danger.

C'est plus particulièrement pendant l'éruption des petites molaires, de deux à trois ans environ, que les enfans y sont sujets. Quelquefois elles sont légères et bornées à quelques mouvemens spasmodiques des membres, et alors elles sont peu dangereuses; mais d'autres fois elles sont violentes, générales, accompagnées de hoquet, du serrement des mâchoires, de roideur des membres. Alors la vie de l'enfant court le plus grand danger, et souvent il succombe au milieu des convulsions les plus effrayantes, malgré les secours les plus prompts et les plus sagement administrés.

Les convulsions qui surviennent chez les enfans, à l'époque de la dentition, sont pourtant loin de dépendre toujours de la sortie des dents; elles peuvent être produites par plusieurs autres causes, et parmi ces causes il n'en est point de plus fréquentes que les vers intestinaux.

Comme ces convulsions peuvent être très-facilement confondues avec celles de la dentition, même par des personnes qui auraient quelques connaissances médicales, et que cependant elles réclament un traitement tout-à-fait différent, il ne sera pas hors de propos de donner ici les signes caractéristiques de la présence des vers. On la reconnaîtra aux suivans : l'enfant éprouve une démangeaison continuelle au nez; il a les yeux cernés et leurs pupilles dilatées. Son visage est bouffi et son haleine forte. Il éprouve dans la gorge une démangeaison qui occasione dans cette partie des mouvemens semblables à ceux de la déglutition. Tantôt perte entière d'appétit, tantôt au contraire une faim vorace. Son ventre est tendu, dur et douloureux, surtout vers l'ombilic :

il a souvent alors des coliques accompagnées d'une fièvre qui abat toutes
ses forces.

Tous ces symptômes ne se manifestent pas toujours chez le même
enfant affecté de vers; mais il n'est pas
nécessaire qu'ils soient tous réunis
pour en faire présumer la présence;
quelques-uns des principaux suffisent
à cet effet; car on n'en a jamais l'entière certitude, que lorsque des vers
ont été rendus, soit dans les selles,
soit par les vomissemens.

La dentition peut encore donner
lieu au développement de plusieurs
maladies, telles que l'inflammation des
yeux, la cécité, les fluxions sur la
figure, les écoulemens par les oreilles,
le catarrhe pulmonaire, la toux con-
vulsive et même le croup, les scro-
fules, le carreau, la fièvre hectique
et la consomption.

Mais il serait aussi dangereux de

laisser croire aux parens, que contraire aux connaissances physiologiques actuelles, de prétendre que ces
maladies sont le résultat direct de la
sortie des dents. La maladie locale que
détermine la dentition n'agit ici qu'en
mettant en jeu l'action de quelques
causes morbifiques auxquelles étaient
prédisposés les organes qui sont le
siége de ces maladies, dont tout autre
motif d'excitation aurait également pu
favoriser l'entier développement.

Enfin on a vu quelquefois, mais
trop rarement à la vérité, des enfans
réduits, par les maladies qui accompagnent la dentition, au dernier degré
de marasme, et dont on désespérait
déjà, se rétablir tout à coup par une
révolution favorable qu'avait produite
l'éruption inattendue de plusieurs
dents. On conçoit aisément que ces
heureux changemens sont entièrement dus à la nature, et que par malheur l'art ne possède pas toujours les

moyens de les opérer ou même de les favoriser.

Il serait toujours imprudent de négliger les maladies dont pourrait être affecté un enfant, sous le prétexte que la sortie future des dents sera un motif de guérison. Une triste expérience montre tous les jours combien est funeste l'hésitation qu'on apporte à chercher de suite chez les enfans à rappeler la nature à une marche régulière.

§ III.

Des moyens de prévenir et d'arrêter les maladies que peut occasioner la sortie des premières Dents.

La dentition (je l'ai dit, et la vérité veut que je le répète) est l'ouvrage de la nature, et dans beaucoup de cas on doit l'abandonner à ses forces. Mais de légers secours et un régime sage-

ment ordonné peuvent cependant ,
dans tous les cas, aider et faciliter
cette importante et douloureuse fonction.

Lorsque les accidens sont légers,
comme pendant le temps que nous
avons nommé la première époque,
qu'il n'y a qu'un peu de rougeur et de
gonflement aux gencives, il faut seulement les humecter par quelque gargarisme rafraîchissant fait avec une
simple décoction mucilagineuse édul-
corée par l'addition d'un peu de miel.

On mettra dans la bouche de l'enfant quelque corps mollet, telle qu'une
racine de guimauve détrempée dans
une décoction d'orge miellée, et non
pas des corps durs, comme des ho-
chets d'ivoire, de cristal, ainsi qu'on
le fait trop communément pour les
enfans appartenant à la classe élevée
de la société, et que le conseillent encore quelques auteurs : ces corps ne
peuvent que devenir très-nuisibles, en

blessant les gencives et en augmentant l'inflammation dont elles sont déjà affectées.

Il est encore inutile de frotter les gencives avec le doigt, dans la vue de les amincir, comme on le dit; car il n'en est pas des parties vivantes et enflammées comme des corps privés de vie, que l'on use et que l'on amincit par le frottement : cette manœuvre peut d'ailleurs augmenter l'irritation et la douleur.

Quant au jus de citron, dont quelques personnes vantent les heureux effets, malgré le respect que je dois à l'opinion de plusieurs dentistes distingués, je ne pense pas qu'il produise tout le bien qu'on lui attribue, et son emploi dans une foule de cas serait certainement contraire à une conduite sagement raisonnée. Rendons à nos devanciers le juste tribut d'hommages que mérite le bien qu'ils ont pu faire; mais servons-nous de nos connaissances pour éviter les erreurs qu'ils ont commises.

Si l'enfant avait un peu d'agitation et de fièvre, il faudrait lui donner quelques légers calmans, comme une infusion de fleurs de tilleul ou quelques cuillerées d'eau de laitue, et entretenir la liberté du ventre par quelque petit lavement émollient.

Si le gonflement et la rougeur des gencives étaient si considérables, que l'on craignît la gangrène de ces parties, ce qu'on reconnaîtra à leur couleur foncée et livide; outre l'usage des moyens dont j'ai parlé plus haut, il faudra toucher les gencives avec une liqueur un peu active. Ainsi on fera un petit pinceau avec de la charpie, on le trempera dans une décoction d'orge miellée animée de quelque peu d'acide muriatique, et on le promènera légèrement sur les parties malades. Ces mêmes moyens conviennent encore très-bien pour toucher

3*

les aphthes ou ulcérations, quand il y
en a.

Lorsque les accidens sont beaucoup plus graves, que la fièvre est
très-forte, accompagnée d'agitation,
de rougeur de la face, et que l'enfant
est fort et pléthorique, il faut avoir
recours à la saignée. Le moyen le plus
convenable, pour tirer du sang dans
ce cas, est l'application des sangsues
derrière les oreilles : deux ou même
trois de chaque côté, suivant la vio-
lence des accidens et la force du petit
malade. Ce moyen est un des plus
efficaces, même contre les convulsions ; aussi est-il aujourd'hui généralement recommandé par tous les médecins. Le bain chaud, après les
sangsues, ne peut produire que de
très-bons effets en calmant l'érétisme
général.

Si l'aridité de la bouche, la rougeur
de la face et des yeux, et la tuméfaction de la figure, et du délire, annon-

cent qu'une grande irritation s'est por-
tée vers la tête, le bain de pieds pourra
produire un résultat favorable en atti-
rant le sang vers les parties inférieures.

On a aussi dans ce cas appliqué
quelquefois avec succès un vésicatoire
sur le cou; mais quelquefois aussi la
douleur qu'il a occasionée a semblé
aggraver les convulsions. Aussi est-il
prudent d'être sobre à l'égard de ce
moyen.

Dans le cas d'agitation extrême et
continuelle, de vive souffrance, d'insomnie, il faut donner, le soir, et
même de temps en temps dans la journée, quelques cuillerées d'une potion
calmante, dans laquelle on fait entrer
un peu de sirop diacode ou quelques
gouttes de laudanum liquide; mais il
ne faut faire usage de ces remèdes
qu'avec ménagement et dans les cas
d'urgence, parce qu'ils peuvent produire la constipation; aussi donnera-
t-on en même temps des boissons laxa-

tives et rafraîchissantes, telles que
l'eau de pruneaux, les bouillons de
veau ou de poulet.

Les convulsions sont, comme nous
l'avons dit, l'accident le plus grave de
la dentition, et celui qu'il convient le
plus de combattre promptement. Les
moyens à employer pour y parvenir
sont à peu près les mêmes que ceux
qui ont été recommandés jusqu'à présent, mais surtout la saignée, les sangsues à la tête, soit derrière les oreilles,
soit aux angles des mâchoires, les bains
de pieds et les légers calmans. Très-
souvent, malgré l'emploi le plus sagement administré de tous ces moyens,
on ne parvient pas à calmer les convulsions; quelquefois même elles semblent empirer, à mesure qu'on en fait
usage.

C'est alors que tous les auteurs
recommandent d'avoir recours à un
moyen extrême; je veux dire à l'incision des gencives. Les uns veulent

qu'on la pratique de très-bonne heure, dès les premiers accidens, quand même ils ne sont pas très-graves : prétendant que cette opération n'est sujette à aucun inconvénient, et qu'elle fait presque toujours cesser les accidens. Ils ajoutent même qu'elle est peu douloureuse. Mais on leur a objecté que, puisqu'il en est ainsi, ce n'est pas le tiraillement des gencives qui cause les accidens, et que sous ce rapport l'incision est au moins inutile. Cette objection est plus spécieuse que solide : car on peut répondre qu'une incision franche ne saurait être comparée à une déchirure.

D'autres conseillent de n'inciser qu'à la dernière extrémité, lorsque tous les autres moyens ont été employés vainement, que les accidens sont très-graves et le danger imminent. Leur avis a prévalu ; et il paraît le meilleur : car l'incision des gencives n'est pas toujours aussi exempte d'inconvé-

nient qu'on l'a prétendu. Comme on
la pratique sur une partie qui est déjà
très-enflammée, elle ne peut qu'augmenter encore l'irritation de cette
partie, ou produire même la gangrène,
ou au moins l'ulcération et la suppuration.

Ces accidens, rares à la vérité, sont
loin cependant d'être sans exemple ; et
il suffit de savoir qu'ils peuvent arriver, pour qu'on ait lieu de les craindre, et qu'on soit autorisé à prescrire
à cet égard une prudence et une mo-
dération dont les charlatans et les
dentistes routiniers ne sont toujours
que trop disposés à franchir les bornes.
D'ailleurs cette incision ne calme pas
toujours les convulsions et n'empêche
pas un très-grand nombre d'enfans
d'y succomber.

Enfin, lorsqu'on se décide à inciser
les gencivés, il faut toujours le faire le
plus tard possible, lorsque la dent fait
saillie sous la gencive et qu'elle paraît

prête à sortir. On se sert pour cette
opération de la lancette ou du bis-
touri; mais on doit laisser son exécution à un homme de l'art : car, dans
des mains inexpérimentées, elle pourrait exposer à quelque danger.

Conjointement à l'usage de tous les
moyens qui viennent d'être indiqués,
il faudra associer ceux que l'hygiène
fournit; s'ils ne peuvent point guérir
par eux-mêmes, au moins ils peuvent
seconder puissamment les premiers.
Il devient même tout-à-fait indispensable de les employer comme moyens
préservatifs, aux approches de la première dentition, avant que les accidens ne se manifestent, afin de les prévenir, si la chose est possible. Certes,
par leur secours on arrivera bien plus
sûrement au résultat désiré, qu'en em-
ployant les colliers d'ambre et cette
foule d'amulettes qu'accréditent l'ignorance et la crédulité, et dont quelques

médecins ont encore aujourd'hui la faiblesse d'autoriser l'usage.

Ainsi, indépendamment de l'importance qu'on aura dû préliminairement attacher au choix d'une nourrice, qui, pour les enfans délicats et nés de parens d'un tempérament nerveux, devrait toujours être d'une constitution molle ou lymphatique, on aura le soin de faire respirer un air pur et libre, et de faire prendre de l'exercice à l'enfant; de le promener fréquemment, si le temps et la saison le permettent. On ne lui fera prendre que des alimens légers et de facile digestion.

On ne perdra pas de vue non plus le régime de sa nourrice, s'il est encore à la mamelle; elle évitera avec soin l'usage des mets épicés et des liqueurs alcoholiques, et tout ce qui peut exciter en elle des passions fortes, telles que la colère, la frayeur; car les grandes agitations de l'âme impriment au lait des qualités nuisibles, et plusieurs exemples viennent sanctionner cette assertion (1). On éloignera aussi de l'enfant tout ce qui peut le contrarier et l'irriter, et on attachera la plus grande importance à le tenir proprement.

Quant aux maladies auxquelles la dentition peut donner lieu, en général elles ne peuvent se guérir que lorsque cette opération de la nature est complètement achevée. Leur traitement doit varier suivant l'espèce de maladie et les circonstances dans lesquelles elle se développe. Les détails à cet égard sont entièrement étrangers à mon sujet, et dépasseraient nécessairement les bornes que m'impose le titre de cet ouvrage.

---

(1) *Voyez* Lachaise, *Hygiène physiologique de la femme*, p. 383.

CHAPITRE II.

DE LA SECONDE DENTITION, ET DES PRÉCAUTIONS QU'ELLE NÉCESSITE POUR S'EFFECTUER RÉGULIÈREMENT.

———

§ Ier.

*Phénomènes de la seconde Dentition;
ou de la chute des Dents temporaires
et de leur emplacement.*

L'ENFANT ne conserve pas long-
temps les vingt dents dont sa bouche
s'est garnie successivement depuis le
septième mois environ de sa naissance jusqu'à trois ans; car à peine la
sortie des grosses molaires, dont l'apparition complète le phénomène de la
première dentition, est-elle achevée,
que la nature se prépare au travail par

lequel s'effectueront la chute et le remplacement des vingt premières. Mais on voit que, fidèle au système admirable de prévoyance sur lequel sont réglées toutes ses œuvres, elle a jugé convenable de donner à l'enfant de nouvelles dents avant de le priver de celles du premier âge; car les quatre premières grosses molaires sont permanentes, comme on peut le voir en consultant le tableau de la première dentition, où elles sont in-diquées comme faisant la troisième époque de la sortie des dents qu'on nomme improprement dents de lait.

C'est ordinairement vers l'âge de sept à huit ans que commence la mue ou le remplacement des dents tem-poraires. Les deux dents de devant, que nous avons nommées incisives moyennes, tombent d'abord à la mâ-choire inférieure, pour être immédia-tement remplacées par deux nouvelles. Ensuite tombent les incisives moyen-

nes supérieures, dont deux autres ne
tardent pas à venir occuper la place.

Les incisives latérales inférieures
suivent celles-ci, et sont bientôt aussi
suivies à leur tour par les incisives latérales de la mâchoire supérieure.

Lorsque ces dents sont sorties, il y
a un repos plus ou moins long; souvent même un intervalle de deux ou
trois ans. Puis, vers l'âge de dix,
douze et même treize ans, les premières petites molaires de l'une et
l'autre mâchoires remplacent les premières petites molaires de lait; et bientôt les deuxièmes du même ordre
viennent chasser et remplacer, également à chaque mâchoire, leurs analogues qui ne sont que temporaires.
Enfin, en dernier lieu les quatre canines ou œillères viennent à leur tour
déterminer la chute et occuper la place
des primitives ou temporaires du
même nom.

Cette dernière circonstance est à

noter : car on dit généralement que la chute et le remplacement des dents de lait s'opèrent dans le même ordre que celui qu'elles ont suivi pour leur sortie. Mais l'éruption des canines, ayant lieu le plus ordinairement après celle des petites molaires, fait une exception qu'il importe de connaître, quoique très-peu de dentistes l'aient remarquée : j'ai dit le plus ordinairement, car il arrive assez souvent que les canines tombent et sont remplacées dans le temps qui sépare la chute des deux petites molaires ; quelquefois même avant la sortie de ces deux dernières.

A peine le remplacement des dents primitives ou temporaires est-il achevé, que les deuxièmes grosses molaires ou mâchelières se font jour ; ce qui a lieu le plus communément vers l'âge de douze à quatorze ans.

Telle est la marche que suit ordinairement l'éruption des vingt-huit

dents dont sont pourvus les enfans
qui touchent à l'âge de la puberté ;
mais elle présente assez souvent des
irrégularités, et se montre, quant aux
résultats qu'elle peut avoir sur la
santé, tout-à-fait indépendante de celle
qu'a suivie la sortie des dents de lait.

Parmi ces irrégularités, les plus fréquentes sont : le remplacement total
des dents temporaires d'un côté de la
mâchoire avant la chute de celles du
côté opposé, la sortie des deuxièmes
grosses molaires avant le remplacement des dents temporaires.

Enfin ce n'est guère, terme moyen,
que de vingt à vingt-cinq ans que la
sortie des quatre troisièmes grosses
molaires, vulgairement nommées
dents de sagesse, vient compléter le
nombre total de trente-deux dents
dont l'homme est ordinairement
pourvu quand il entre dans l'âge viril.
Il n'est pas rare néanmoins que la sortie de ces dernières soit retardée,

puisqu'on voit quelques personnes qui ne les ont eues qu'à cinquante, soixante ans, même plus tard, et quelquefois pas du tout.

Pour suivre l'ordre que j'ai adopté à l'égard de l'exposé des divers temps de la sortie des premières dents, j'ai jugé convenable de placer ici le deuxième tableau synoptique représentant les différentes époques auxquelles les dents sont remplacées.

1re Époque.

De 8 à 10 ans les incisives moyennes.
De 9 à 11 — les incisives latérales.
De 10 à 12 — les 1res petites molaires.
De 10 à 18 — les canines.
De 12 à 14 — les 2mes petites molaires.

2e Époq.

De 13 à 17 ans les 2mes grosses molaires.
De 20 à 25 — les 3mes grosses molaires ou dents de sagesse.

Terminons ce qui a rapport aux différens temps du développement des

dents en faisant observer que cet acte
de l'organisme est susceptible d'offrir
un grand nombre d'irrégularités, non
seulement pour l'ordre de leur sortie,
mais encore pour leur nombre total ;
c'est ainsi qu'on a rencontré plusieurs
persounes qui n'avaient que vingt-
huit, même vingt-quatre dents, tandis
que chez quelques autres on en a vu
jusqu'à trente-six.

J'aurais pu, à l'exemple de la plupart des dentistes qui ont écrit sur le
développement des dents, faire éta-
lage d'érudition en citant les nombreux écarts auxquels la nature est
sujette à l'égard des dents ; mais, mu
par le désir d'être utile plus que par
l'envie de piquer la curiosité, j'ai tout
sacrifié à la crainte de détourner de
l'attention des choses dont la connaissance seule est indispensable pour
les personnes qui sont chargées de
surveiller les enfans dans cet instant,
quelquefois si pénible de la vie.

§ II.

Méthode simple et naturelle de rendre régulière la sortie des secondes Dents, et de prévenir ou combattre les accidens qui peuvent l'accompagner.

La sortie des dents de remplacement, dents permanentes ou secondaires, est en général moins pénible que celle des dents temporaires ou primitives ; mais, dans un très-grand nombré de cas, chez les enfans de la ville et particulièrement chez ceux des classes opulentes, elle est accompagnée d'accidens semblables à ceux que détermine l'éruption des dents de lait.

Cette malheureuse prérogative des enfans élevés dans le sein des grandes villes est l'infaillible résultat de l'état d'excitation dans lequel, malgré les

4

plus sages avis, on persiste à tenir leur
cerveau, dans un moment qui devrait
être exclusivement consacré au développement de leurs forces physiques.
Dans cette circonstance, en effet, le
cerveau, constamment excité par l'u-
sage intempestif qu'on fait de ses fonctions, devient un centre d'irritation,
toujours prêt à rompre cet état d'é-
quilibre parfait qui constitue la santé,
et ne demande que la plus légère cause
pour passer à l'état de maladie, et
pour forcer toute l'économie à parta-
ger ses souffrances.

Chez les enfans de la campagne, au
contraire, ou chez tous ceux qui dans
les villes appartiennent aux classes inférieures de la société, une habitude
soutenue de s'exercer en plein air et
d'affronter, légèrement vêtus, l'intem-
périe des saisons, donne à la nature
les forces nécessaires à l'accomplissement de ces fonctions, et, en les préservant d'une constitution nerveuse

exaltée, les rend moins sensibles à la douleur.

Quelle que soit néanmoins la constitution d'un enfant, la partie de la gencive qui environne la dent qui va être remplacée, est presque toujours légèrement enflammée ; une légère irritation, accompagnée d'un peu de douleur, s'y développe long-temps même avant sa chute, et il n'est pas rare non plus d'y voir quelques petits abcès se former.

C'est surtout lorsque les petites molaires de remplacement s'ossifient, ce qui arrive de quatre à cinq ans, que les enfans éprouvent un état de malaise et d'indisposition générale, qu'on ne peut véritablement attribuer qu'à l'effort de la nature qui travaille au remplacement des dents temporaires.

Ils ressentent dans les mâchoires une démangeaison sourde qui n'est pas assez forte pour occasioner une véritable douleur, mais qui suffit néanmoins pour les inquiéter et les plonger dans un état de tristesse bien apparente.

Il arrive même assez souvent que quelques dents de lait, et particulièrement les molaires, se carient, et qu'il se forme, sur la gencive, des fluxions et même des ulcérations, peu inquiétantes, il est vrai, mais toujours douloureuses.

L'irritation que le travail de la deuxième dentition détermine sur les gencives ne se borne pas toujours à la bouche : car dans bien des cas il suffit de la cause la plus légère, souvent même d'une cause inappréciable, pour que cette irritation se propage dans les parties environnantes. De là des maux d'yeux, de gorge ou d'oreilles, des éruptions croûteuses vers la tête et des dartres farineuses sur la figure, des migraines et des névralgies faciales.

Ces différens accidens sont presque toujours accompagnés d'un trouble de la digestion, auquel prédispose d'ailleurs l'obstacle que l'ébranlement et la chute des dents de lait apportent à une complète mastication.

Enfin, il est très-fréquent aussi de voir le cou des enfans ꜰdont les dents se remplacent, offrir une plus ou moins grande quantité de glandes engorgées, qui occasionent, dans tout l'espace qu'elles occupent, un sentiment de gêne qui produit ce qu'on nomme vulgairement *torticolis*.

Ces glandes du cou surviennent particulièrement chez les enfans qu'un tempérament mou ou lymphatique prédispose aux maladies scrofuleuses; et elles persistent d'autant plus dans cet état d'engorgement inflammatoire, que cette prédisposition est plus marquée.

Quant aux convulsions, elles sont assurément moins fréquentes que pendant le travail de la première dentition, et ne surviennent guère que lorsque

la chute et le remplacement de plusieurs dents s'opèrent en même temps.
L'observation prouve aussi qu'elles affectent plus souvent les enfans du sexe
féminin que les jeunes garçons; il n'est
même pas sans exemple qu'elles soient
survenues chez des personnes adultes
à l'époque de la sortie des dents de
sagesse, sans qu'on ait pu les attribuer
à aucune autre cause.

Tels sont les accidens que le médecin dégagé de préventions, et fidèle
observateur de la marche de la nature,
peut véritablement attribuer à la sortie
des dents secondaires. La plupart des
autres maladies qu'on se plaît à croire
qu'elle occasione, n'ont avec elle autre
chose de commun que de se développer au moment où elle s'effectue.

Que les parens se pénètrent bien de
cette vérité. Tous les dentistes qui la
combattent avec force doivent passer
à leurs yeux pour des hommes qui
cherchent à faire ressortir outre me-

sure l'importance de leur ministère.
Ah ! la vie des enfans n'est-elle donc
pas entourée d'assez d'écueils , sans
qu'on cherche encore à exagérer le
nombre déjà si grand des maladies qui
peuvent les assaillir !

C'est donc en procurant de bonne
heure aux enfans une constitution
saine et vigoureuse , qu'on peut espérer de leur faire franchir sans accidens
le moment où s'opère chez eux le phénomène de la deuxième dentition.

Cette précaution devient surtout
indispensable pour les enfans nés de
parens nerveux , et eux-mêmes d'un
tempérament irritable. C'est particulièrement pour eux que, dès l'âge de
trois ou quatre ans, deviennent indispensables l'exercice , les bains
froids, une nourriture sagement réglée , l'habitude d'avoir la tête constamment découverte, et enfin une re-
nonciation presque entière, de la part
de leurs parens, à ces soins minutieux

et à ces prévenances continuelles qui les rendent aussi exigeans qu'incapables de supporter la moindre peine et d'affronter la plus légère douleur.

Néanmoins, aux approches du remplacement des dents primitives, il est toujours prudent de chercher à détourner et à combattre l'irritation dont la bouche est alors le siége : car elle est susceptible de se propager facilement et d'occasioner des congestions sanguines vers le cerveau.

Ainsi, si la tuméfaction des gencives est considérable, indépendamment de l'emploi des gargarismes émolliens, comme ceux faits avec une infusion de fleurs de mauves, de feuilles de ronces, etc., miellées ; des cataplasmes placés sous la mâchoire, et de l'application de trois ou quatre sangsues au dessous de chaque oreille : on pourra faire, avec la pointe d'une lancette, quelques légères scarifications ou mouchetures sur la gencive gorgée de sang, donner des lavemens émolliens au malade, lui faire prendre un bain de pied salé, et le mettre à une diète sévère et à l'usage des boissons relâchantes.

Lorsque les douleurs locales et l'état d'excitation générale résistent à ces différens moyens, auxquels on peut joindre une saignée générale et de légers calmans, il ne faut point hésiter à faire enlever les dents dont le remplacement s'opère, quelque peu disposées qu'elles semblent être à vouloir s'ébranler. Je pourrais citer plusieurs cas où j'ai fait de ces extractions avec le plus grand succès possible, si les ouvrages consacrés à l'art dentaire n'avaient pas appuyé leur nécessité sur un nombre suffisant d'exemples.

Quant aux accidens qui surviennent lors de la *pousse* des dents mâchelières ou molaires qui ne sont pas renouvelées, comme on a beaucoup plus de raison pour les attribuer à la

4*

résistance des gencives que ceux qui
se déclarent au moment de la première dentition , il est prudent d'en venir
le plus promptement possible à l'incision de la gencive. Quelque obligation que j'aie contractée de ne parler
que d'après des faits généraux qui
ressortent d'une série d'observations,
je dois néanmoins dire , pour appuyer
cette assertion , que j'ai tout récem-
ment , par ce moyen , chez une jeune
dame dont une dent de sagesse vou-
lait paraître , arrêté le développement
d'une affection nerveuse dont des migraines continues, des douleurs faciales et le resserrement spasmodique
des muscles du cou étaient l'effroyable prélude.

Cette incision est peu douloureuse,
puisque la tension qu'elle occasione
sur la gencive finit par engourdir
cette partie, au point d'en suspendre
la sensibilité; et, faite par la pointe
acérée d'un instrument fort tran-

chant conduit par une main habile
et exercée, elle n'expose à aucun
danger.

§ III.

Manière de diriger l'arrangement des
*   Dents secondaires, et circonstances*
*   dans lesquelles il convient d'enlever*
*   celles qu'elles doivent remplacer.*

Prévenir les maladies qui peuvent
compliquer la sortie des dents, et
combattre convenablement ces maladies quand elles se déclarent, ne sont
pas les seules choses que doit avoir
en vue une mère ou toute-personne
qui se charge de l'éducation physique
des enfans. Le développement régu-
lier ou l'arrangement symétrique des
dents, quand on ne le considérerait
même que sous le rapport de l'agrément qu'il procure à la physionomie,
serait déjà d'une assez grande impor-

tance pour réclamer la plus sérieuse
attention, et on ne saurait blâmer
trop ouvertement l'indifférence que
quelques mères apportent à cet égard :
elles surtout auxquelles une expérience journalière apprend jusqu'à
quel point la beauté, ou les principaux avantages extérieurs qui la constituent, peut contribuer non-seulement à l'embellissement, mais directement même au bonheur de la vie.

Quels sont donc les moyens propres
à favoriser cet arrangement symétrique des dents secondaires? consistent-
ils dans l'arrachement précoce des
dents temporaires, comme l'ont prétendu et le soutiennent encore plusieurs dentistes, ou bien dans la
conservation des dents jusqu'à leur
chute naturelle ?

C'est une question qui peut être
envisagée sous plus d'un point de vue,
et dont la réponse doit varier, autant
que les circonstances dans lesquelles

elle est faite peuvent différer elles-
mêmes. Tous les dentistes qui ont
voulu la résoudre de prime abord se
sont exposés à des réfutations qui ont
fait douter de leur talent; et tous
ceux qui ont voulu se conformer, trop
à la lettre, aux principes généraux
qu'ils ont émis, ont commis des erreurs qu'ils eussent évitées en se dé-
gageant un peu des règles. Aussi
les personnes étrangères à l'art doi-
vent-elles se montrer très-circonspec-
tes dans la détermination qu'elles
peuvent prendre à cet égard; et il est
peu de cas où l'intervention d'un dentiste, mais d'un dentiste instruit et
prudent, ne soit pour le moins deux
ou trois fois nécessaire.

La principale attention qu'il convient d'avoir, à l'époque du remplacement des dents de lait, c'est d'en
faire l'enlèvement en temps convenable. Souvent elles ne tombent
qu'avec difficulté, et leur présence

devient une cause mécanique qui empêche celles qui doivent les remplacer, de se développer convenablement, et les oblige même à prendre une direction vicieuse ou un accroissement irrégulier.

Dans ce cas il ne faut point hésiter à les enlever : car, en différant trop, on expose un enfant à des difformités qu'il est toujours moins facile de corriger que de prévenir. La crainte que manifestent beaucoup de dentistes, d'enlever avec la dent de lait le germe de la dent de remplacement, est tout-à-fait chimérique; car dès l'âge de quatre ans et demi ou cinq ans, ce germe est entièrement ossifié et ne touche plus à la dent temporaire dont la racine commence à disparaître.

Cependant il ne faut jamais trop se presser d'ôter des dents de lait, et il ne convient de le faire que quand on a des raisons valables; car quand on en enlève plusieurs de suite sans qu'elles

soient ébranlées, les secondes ne s'ar-
rangent pas si bien, parce qu'elles
trouvent plus de place qu'il ne leur en
faut; ce qui n'arrive pas quand on les
ôte à mesure qu'elles se renouvellent.
Alors ne prenant exactement que la
place qu'elles doivent occuper, elles
adoptent un ordre symétrique qui
relève encore l'éclat de la plus jolie
figure, et donne même de la grâce à
la physionomie la plus ingrate.

Rendons cette vérité bien sensible
par un exemple. Chez un enfant de
sept ans, on ôte les quatre incisives;
elles sont remplacées : mais celles qui
viennent, étant plus larges que celles
qui sont tombées, forcent bientôt les
canines de lait à se déjeter, et les disposent à s'ébranler plus vite. Dans ces
entrefaites, les petites molaires sont
enlevées; celles qui doivent les remplacer, ne trouvant plus dans la canine
la résistance latérale qu'elle devrait
leur offrir, s'avancent librement sur le

devant, et envahissent infailliblement
sa place; de telle sorte que la canine
de remplacement, manquant d'espace,
se placera en dedans ou en dehors du
cercle dentaire, et constituera ce qu'on
nomme communément une surdent.

La difformité qui résulte d'une surdent est donc très-souvent le résultat
du système perturbateur malheureusement adopté par un grand nombre de
dentistes, parmi lesquels on compte
même des praticiens distingués, que
le désir d'opérer porte quelquefois à
sacrifier des dents temporaires sous
le plus léger prétexte. Elle est très-
fréquente chez les jeunes filles qui ont
passé la plus grande partie de leur
jeunesse dans les pensionnats.

La raison de la position défavorable dans laquelle se trouvent ces jeunes filles est fort simple. Dans ces mai-
sons, de deux choses l'une : ou bien
on abandonne entièrement à la nature
le soin de l'arrangement des dents,

et alors les jeunes filles courent des chances attachées à l'exécution d'une fonction que tout contrarie et que rien ne seconde; ou bien un dentiste est chargé de faire tous les six mois et quelquefois même tous les ans l'examen de la bouche de toutes les pensionnaires. Alors, soit qu'il cède à l'envie de prendre acte positif de sa visite; ou, mieux, soit qu'il juge que l'extraction de quelques dents temporaires deviendra nécessaire avant le temps fixé pour sa visite subséquente : il sera toujours trop disposé à opérer, et cette détermination, prise sur une nécessité seulement probable, mais non absolue, doit avoir pour les jeunes filles des inconvéniens que leur parens eussent évités en consultant le médecin-dentiste, non pas plus souvent, mais en temps convenable pour chacune d'elles.

Enfin une des principales raisons qui doivent engager à ne pas trop se

hâter d'extraire les dents temporaires, c'est que leur présence contribue
efficacement à favoriser l'agrandissement de la mâchoire, ou du cercle
alvéolaire qui, à cet âge, est encore
beaucoup au dessous de ses dimen-
sions naturelles ; circonstance importante, que la plupart des dentistes ne
prennent pas en considération, et
qui seule suffirait pour faire sentir le
danger de toute précipitation qu'on
mettrait à cet égard.

La nécessité d'une sage lenteur, dé-
duite entièrement d'une observation
attentive de la marche de la nature,
n'est cependant pas admise par tous
les dentistes. Plusieurs pensent que
l'arcade alvéolaire, marchant vers un
développement dont l'impulsion est
tout-à-fait donnée à l'époque du renouvellement des dents, ne peut être arrêté par la chute prématurée des dents
temporaires. Si cette opinion ne comp-
tait pour partisans que des praticiens

vulgaires, elle ne serait tout au plus
que digne d'une réfutation ; mais elle
est partagée par des hommes qui occupent un rang distingué, et sous ce
rapport, il importe d'en faire ressortir
le peu de fondement.

Cependant, uniquement occupé
d'hygiène, je dois abandonner le développement des discussions et des preuves physiologiques sur lesquelles repose la nécessité de cette grande cir-
conspect. n dans l'évulsion des dents
primitives, aux auteurs qui, comme
M. Delabarre, ont écrit sur notre art
en anatomistes profonds et en observateurs attentifs. Je dois me contenter
de poser, à ces praticiens qui se pronon-
cent contre le système de la tempori-
sation, les questions suivantes : 1° Lorsqu'une dent est arrachée, pourquoi
l'espace qu'elle occupait est-il réduit
en très-peu de temps au tiers de son
étendue ? 2° Si on place une dent artificielle immédiatement dans l'alvéole qui

logeait une dent dont l'évulsion vient d'avoir lieu, pourquoi l'espace qu'elle occupait se conserve-t-il au point que la dent artificielle n'éprouve, de la part des dents voisines, que la pression que la dent vivante qu'elle remplace en eût éprouvée? 3° Pourquoi enfin, à mesure que les vieillards perdent leurs dents à la mâchoire inférieure, le bord alvéolaire diminue-t-il insensiblement, de telle sorte que, quand elle sont toutes tombées, le cercle qu'il décrit, au lieu d'être, comme chez l'adulte, presque placé au dessus du cercle représenté par la base de la mâchoire, lui devient-il concentrique de quatre à six lignes ? Pourquoi ? parce que les alvéoles, privés de l'action mécanique qu'exerce sur eux la racine de la dent qu'ils contiennent, ont en tout temps une tendance à revenir sur eux-mêmes. Or n'est-il pas juste d'admettre qu'en enlevant trop tôt une dent temporaire, son alvéole restant libre s'affaissera, et mettra ainsi à l'éruption de la dent permanente un obstacle que lui eût aplani la racine de la dent primitive, en formant au devant d'elle une espèce de coin susceptible de maintenir libre le canal qu'elle a à parcourir ; de telle sorte que, si cette racine ne favorise pas l'acroissement de la mâchoire inférieure, du moins elle s'oppose au rétrécissement du bord alvéolaire; ce résultat est le même.

M. Miel, qui s'est placé, par son ouvrage intitulé : *Recherches sur l'art de diriger la seconde dentition*, à la tête des partisans de l'opinion que je combats, ne résisterait sans doute pas, si, pour la science, nous avions encore le bonheur de le posséder, à de telles preuves; et sacrifierait probablement une manière de voir qui ne pourrait être aujourd'hui que très-préjudiciable à l'art que nous exerçons.

Au reste, il ne faut pas attacher une

trop grande importance à une légère
déviation des secondes dents, occasionée par un défaut de place; car on
voit très-souvent ces dents se ranger
d'elles-mêmes à mesure que le cercle
formé par le bord de la mâchoire s'a-
grandit. Ici, comme dans une foule de
circonstances, la nature, comme une
mère attentive et sage, opère seule, et
s'empresse elle-même de réparer ses
torts; que de fois même ne la voit-on
pas s'efforcer de rétablir un ordre
que d'imprudentes tentatives ou de
fausses manœuvres ont accidentelle-
ment troublé!

Quant aux moyens d'extraire les
dent de lait, ils sont toujours faciles.
Quand cette opération est nécessaire,
ces dents sont sans racines et presque
toujours chancelantes, et leur extraction n'exige que le plus léger effort.
Un fil suffit ordinairement à cet effet,
et ce moyen, ainsi que quelques autres
aussi simples, n'offre rien d'effrayant,

et sauve par conséquent aux enfans la crainte de la douleur. Si ces moyens ne suffisent pas, il faut nécessairement avoir recours à un homme de l'art, et éviter par là l'inconvénient qui pourrait résulter d'une dent de lait cariée ou enclavée par les autres dont elle occupe la place.

Une chose qu'il n'est pas rare de voir non plus, c'est que les secondes dents acquièrent une largeur disproportionnée à la mâchoire ; d'où il résulte que, ne pouvant se placer convenablement, elles se serrent d'abord les unes contre les autres, et ne tardent pas à affecter une mauvaise direction, dont le résultat le moins défavorable, et malheureusement le plus rare, est l'expulsion d'une dent hors de la ligne tracée par le bord de la mâchoire. Ainsi serrées, les dents n'ont pas le seul inconvénient de se repousser mutuellement en différens sens et de frapper désagréablement la vue ;

mais, ne pouvant se nettoyer facilement, elles s'altèrent avec la plus
grande promptitude, comme on le
verra dans le chapitre que nous con-
sacrerons aux soins journaliers que
réclame la propreté de la bouche.

Il n'existe véritablement qu'un seul
moyen de remédier aux inconvéniens
d'une denture trop serrée : ce moyen
est extrême, il est vrai; mais si on ré-
fléchit à l'importance des avantages
qu'il procure, on n'hésite point à s'y
soumettre ; c'est l'extraction d'une
dent, qui est le plus ordinairement la
première petite molaire. Veut-on se
soustraire à la douleur qu'occasione
nécessairement l'extraction d'une dent
qui a toute sa solidité? il faut l'ébranler
insensiblement ; et il suffit pour cela
d'un gros fil passé autour du collet de
la dent et tenu serré pendant plusieurs
jours. L'opération faite, on voit insensiblement la place de la dent sacrifiée
être occupée par les voisines, et dispa-

raître en tout ou en très-grande partie. Si d'ailleurs ces dernières tardaient
trop à se placer convenablement, on
peut les attirer par un gros fil de soie,
dont le dentiste le moins habile peut
très-bien combiner l'action.

Cependant, si chaque dent n'était
qu'un peu trop large, on pourrait,
avant de chercher à attirer celles qui
sont les plus déviées de la rangée commune, passer une lime très-fine entre
plusieurs d'entre elles; on obtiendra
par ce moyen un quart ou même une
moitié de dent, ce qui suffit ordinairement pour que toutes occupent leur
place naturelle. Mais, je le répète,
dans les cas très-fréquens où les dents
seraient d'une extrême largeur, il vau-
drait infiniment mieux en sacrifier
une que de les entamer toutes. Cette
détermination serait d'autant plus
sage, que la mâchoire offrirait un défaut de conformation.

Au reste, ce n'est qu'après avoir re-

5

connu la nécessité d'une extraction de dent hors de ligne, qu'on en vient à cette opération, et on peut avancer que le plus tard possible est toujours le meilleur. Quelque réitérées que soient les instances des personnes chargées du soin des enfans qui sont dans cette position, la prudence veut toujours qu'on ne mette aucune précipitation à s'y rendre.

Quelque soin qu'on ait pris de surveiller de bonne heure l'arrangement des dents secondaires, il arrive néanmoins assez souvent que quelques unes d'entre elles persistent à se développer dans une mauvaise direction, et présentent même quelquefois des irrégularités fort bizarres. C'est ainsi qu'on voit dans quelques cas le bord latéral d'une dent regarder les lèvres ; dans d'autres la face antérieure est devenue postérieure. On en voit aussi qui sortent très-haut sur les gencives, ou bien très-profondément sur le palais.

Parmi ces irrégularités, une des plus fréquentes est sans contredit la saillie en avant d'une dent quelconque, ou la tendance qu'a son extrémité à se porter vers le fond de la bouche. J'en ai rencontré une foule d'exemples, et j'ai constamment vu avec la plus vive satisfaction que la plupart des dentistes avaient jusqu'ici beaucoup trop exagéré les difficultés de leur redressement. Faisons ressortir l'efficacité de nos soins, mais ne refroidissons pas le zèle de tant de personnes qui sont dans la nécessité d'avoir recours à nous.

L'art du dentiste offre donc une multitude de ressources pour obvier à ces différens inconvéniens; mais il est évident qu'il faut avoir recours à ces ressources le plus promptement possible; car les difficultés qu'on éprouve à corriger la direction vicieuse d'une dent augmentent nécessairement d'autant plus qu'elle acquiert davantage

de solidité. Telle est même l'étendue
du pouvoir de notre art à ce sujet,
que, par la simple évulsion d'une ou
de plusieurs dents en temps opportun,
on est parvenu à annuler les suites
de cette disposition si défectueuse par
laquelle la mâchoire inférieure vient
faire saillie au devant de la supérieure.

Les personnes dans la famille desquelles cette coupe de la moitié inférieure de la figure, qu'on désigne vulgairement sous le nom de *menton de
galoche*, serait très-prononcée et semblerait être héréditaire, agiraient sagement en soumettant de bonne heure
leurs enfans à l'examen d'un dentiste
instruit ; car par cela même qu'il est
prouvé pour nous que, par la direction que nous donnons au remplacement des dents de lait, nous pouvons
favoriser l'agrandissement de la mâchoire, il reste évidemment démontré
que ce n'est pas parler avec trop de
prévention de notre art, que d'avancer

que, par des manœuvres dirigées en
sens opposé et appropriées au cas,
nous pouvons favoriser le rétrécissement de cette partie, ou du moins
nous opposer à son entier développement; et ce que le raisonnement indique à cet égard, l'expérience l'a déjà
plus d'une fois démontré.

Je n'en donnerai pour preuve que
les moyens propres à ramener une
dent à sa place naturelle sont de deux
sortes : les uns ont une action lente,
continue et incapable d'occasioner la
moindre douleur; les autres agissent
au contraire d'une manière prompte,
mais douloureuse, et seraient par cela
même plus rarement employés aujourd'hui, si d'un autre côté ils n'a-
vaient pas des inconvéniens dont sont
exempts les premiers.

La description de ces deux ordres
de moyens appartient à la chirurgie et
non à l'hygiène dentaire, et on conçoit d'ailleurs que leur application et

leur combinaison doivent varier suivant une foule de circonstances, et
que leur bon effet résulte uniquement
de la perspicacité et de l'adresse du
dentiste, auxquelles aucune description ne saurait suppléer, quelque cor-
recte et minutieuse qu'elle fût. Mais
comme la persévérance que mettent
beaucoup de personnes à douter de
l'efficacité des premiers de ces deux
moyens ne saurait avoir que de tristes
résultats, il n'est pas inutile que je
rappelle ici qu'une dent qu'on cherche
à redresser ne représente pas une
force inerte qu'on doit surmonter,
mais seulement une force active dont
on veut changer la direction, ou mo-
difier le mode d'accroissement.

Qu'on réfléchisse d'ailleurs à la facilité avec laquelle les plus résistantes
de nos parties cèdent à l'action de la
puissance la plus légère, mais long-
temps continuée, et on reconnaîtra
qu'un dentiste adroit peut avancer,

sans crainte d'être démenti, qu'il est
peu de cas dans lesquels un fil conduit
habilement, et secondé par quelques
autres moyens appropriés à la circonstance, et par conséquent d'une nature infiniment variable, ne lui suffise
pour redresser une dent, quelque dé-
jetée qu'elle soit. Ne voit-on pas tous
les jours des membres arqués être insensiblement ramenés à leur rectitude
primitive? Pourquoi penserait-on que
les dents fussent les seules de nos
parties qui soient tellement fixées,
qu'elles ne pussent changer la direction que quelques circonstances acci-
dentelles les ont forcées de prendre?

Les soins qu'exige l'arrangement
des dents ou mieux l'entretien de la
bouche chez les enfans, ne sont donc
pour la plupart que d'une facile exécution, puisqu'ils consistent le plus
ordinairement à observer la marche
qu'affecte la nature, et à détruire les
obstacles qui pourraient la forcer à

dévier de son ordre habituel, en s'opposant à son entier développement.

Cette considération devrait être un mobile assez puissant pour l'emporter sur l'insouciance que témoignent à cet égard tant de parens, dont les uns affectent de méconnaître totalement la nécessité de ces soins, tandis que les autres les confient à des domestiques dont le zèle ne suffit jamais pour garantir les enfans des atteintes du mal : aussi ne saurait-on trop se récrier contre cette confiance déplacée. Les mères, les mères seules, peuvent prendre assez d'intérêt à leurs enfans pour remplir cette tâche indispensable. J'appelle ici leur sollicitude et j'invoque leur tendresse : que, jalouses de se montrer en tout dignes du nom si doux de mères et d'épouses, elles donnent seulement à l'entretien de la bouche de leurs enfans quelques minutes des heures qu'elles emploient à l'arrangement de leur chevelure, et bientôt nous cesserons d'être affligés du pénible spectacle que nous offre un si grand nombre d'enfans dont les bouches portent l'empreinte d'une destruction qui ne devrait être que le triste résultat du poids des années.

Je ne pense pas que, pour se dispenser des soins dont je cherche à faire sentir l'importance, on puisse alléguer l'exemple de quelques personnes dont les dents sont dans le plus bel ordre, sans que jamais dans leur enfance on y ait fait la plus légère attention. Je conviens de la possibilité de la chose; mais de semblables exemples sont beaucoup plus rares qu'on le dit communément et qu'on affecte généralement de le croire; et pour un très-petit nombre de personnes chez qui la nature a tout fait, combien n'en voit-on pas d'autres, parmi les femmes surtout, qui doivent à l'obstination qu'ont apportée leurs parens à dédaigner les soins d'un dentiste ou à né-

5*

gliger ses conseils, le désagrément
d'avoir des dents si difformes et si mal
en ordre, qu'elles n'osent rire ouvertement ni presque parler en com-
pagnie?

●●●●●●●●●●●●●●●●●●●●●●●●●●●●●●●●●

CHAPITRE III.

APPLICATION DES RÈGLES GÉNÉRALES DE L'HYGIÈNE OU DES LOIS DE LA SANTÉ A LA CONSERVATION DES DENTS.

———

§ Iᵉʳ.

Des alimens qui conviennent à la conservation des dents et des différentes parties de la bouche.

Il en est des dents et de la bouche tout entière, comme de toutes les autres parties qui composent notre corps; leur conservation dans l'état de santé parfaite repose sur deux ordres de conditions : les unes de ces conditions sont générales, c'est-à-dire ne regardent la bouche que parce qu'elle est soumise aux lois fondamentales qui régissent l'économie tout entière ; les autres sont particulières, c'est-à-dire ne s'appliquent exclusivement qu'aux dents. Les premières, comme on le voit, constituent le régime de vie proprement dit ; les autres ne forment que des précautions locales.

C'est de l'exposé de ces deux ordres de conditions que nous allons nous occuper présentement, et, en suivant l'ordre fixé par leur importance relative, nous commencerons nécessairement par les premières ; mais dans la crainte d'empiéter trop ouvertement dans le domaine de l'hygiène générale, nous nous bornerons toutefois à leur égard à quelques règles générales, en choisissant de préférence celles qui sont plus particulièrement applicables à la conservation des dents.

Le choix des alimens est sans contredit la première et la plus indispensable des précautions que doit prendre toute personne qui attache du prix à sa santé, et par suite à la conservation de ses dents. Mais s'il n'est aucune vérité qui soit moins susceptible de contestation que celle-là, il n'en est malheureusement aucune aussi dont on s'empresse moins de subir les conséquences. Tel est même le peu d'attention qu'on apporte en général à cet égard, qu'on peut avancer, sans crainte d'être contredit, que la moitié pour le moins des maladies qui traversent le cours de la vie humaine, sont l'effet immédiat de l'oubli des principes sur lesquels devrait être réglé tout ce qui a rapport à la nourriture.

Cette assertion irrécusable s'applique particulièrement aux personnes qui forment les deux extrémités opposées de la société des grandes villes: car si dans les rangs inférieurs la nourriture n'y est qu'une suite interminable d'excès, n'est-il pas juste aussi de reconnaître que cette variété indéfinie, ou ce bizarre assemblage de mets qui se disputent le pouvoir d'exciter le palais des opulens, n'est rien moins que l'intempérance, et doit porter à la santé des coups aussi funestes que les excès eux-mêmes?

La constitution particulière de chaque personne est la règle principale qui doit décider du choix des alimens dont elle doit plus particulièrement faire usage. Cette constitution n'étant autre chose que ce qu'on nomme communément tempérament, et le tempérament désignant une manière d'être particulière du corps, qui est déjà par elle-même une prédisposition

à l'état de maladie, il est évident que
les meilleurs alimens pour chacun, seront ceux qui tendront à modérer les
effets naturels de son tempérament,
ou affaiblir la tendance qu'il a de dé-
générer en maladie.

Ainsi, les personnes dont la fibre
est lâche, la peau blanche, les facultés
intellectuelles lentes, doivent choisir
de préférence leurs alimens dans la
classe de ceux qui ont une action ex-
citante sur l'économie, tels que les
viandes, le vin pris modérément. Les
personnes, au contraire, chez lesquelles le sang est en abondance, la susceptibilité nerveuse vive et les déter-
minations morales promptes, doivent
se nourrir plus particulièrement d'alimens tirés du règne végétal, et choisir
pour leur boisson habituelle, celle
où le principe alcoholique domine le
moins; et ainsi de suite pour les autres tempéramens.

Rechercher dans la qualité particu-

lière de chaque aliment l'influence
qu'il peut avoir en premier résultat
sur l'entretien de la santé, et par suite
sur la conservation des dents, serait,
comme on le voit, une tâche qui nous
éloignerait évidemment de notre sujet. Aussi devons-nous nous borner à
tenir compte ici de l'action que certains alimens exercent sur l'état des
dents, dans le moment où ils sont
soumis à l'acte de la mastication.

On peut dire en général à cet égard,
que les substances animales sont moins
favorables à la conservation des dents
que les substances végétales ; et il
n'est pas difficile de trouver l'explication positive de ce fait d'observation
dans la difficulté qu'on éprouve à extraire d'entre les dents le résidu fi-
breux des viandes rôties, ou à enlever
l'enduit glutineux de celles qui sont
préparées à l'ébullition.

Les viandes fumées ou salées, prises
comme nourriture habituelle, sont

particulièrement celles dont l'action
nuisible sur les dents est la plus marquée. C'est à leur usage prolongé que
les personnes qui font sur mer des
voyages de longs cours, sont redevables de cette terrible affection dési-
gnée sous le nom de scorbut, et dont
le saignement continuel des gencives
et le déchaussement des dents sont le
premier symptôme.

Au nombre des substances qu'on regarde généralement comme très-con-
traires aux dents, sont toutes celles
qui contiennent du sucre. Cette prévention est-elle réellement fondée, ou
ne serait-elle que le résultat de quelques préjugés? C'est une question
qu'il est d'abord difficile de trancher;
car si d'un côté on objecte que les nè-
gres employés dans la préparation du
sucre ont les dents très-blanches, et
que quelques individus ont conservé
leurs dents fort long-temps, quoiqu'ils fissent un très-grand usage de

sucre (1); d'un autre côté aussi on répond que, bien que le sucre ne renferme aucun acide susceptible d'altérer les dents, il ne leur est pas moins
préjudiciable par ses qualités physiques. En effet, mangé seul et en substance, il agit très-évidemment mécaniquement en frottant, comme
toutes les poudres provenant des sels
durs, et finit par détruire l'émail à la
manière de la craie, de la lime; pris
en sirop ou à l'état de confiture, il
s'agglutine sur les dents, les soustrait
momentanément à l'action de l'air et
les force ainsi à devenir le centre habituel d'une fluxion inflammatoire,
qui est souvent le triste prélude de la
carie.

---

(1) Le duc de Beaufort avait, à plus de
soixante-dix ans, conservé toutes ses dents,
quoiqu'il mangeât plus d'une livre de sucre par
jour.

Ainsi, sans admettre la qualité essentiellement nuisible qu'on attribue
généralement au sucre ou bien aux
mets qui le récèlent, qualité en faveur
de laquelle l'analyse chimique ne dépose rien ; quelle que soit d'ailleurs
l'opinion de plusieurs dentistes : il
n'est pas moins certain qu'on a de
fortes raisons pour conseiller aux personnes qui attachent du prix à la blancheur et à la bonté de leurs dents,
d'être modérées dans son usage. On a
même plus que des raisons à alléguer
à cet égard : car le rôle que joue le
sucre dans les poudres dentifrices
montre évidemment qu'il est capable
d'user à la longue l'émail des dents ;
et l'espèce d'agacement qu'il procure
chez beaucoup de personnes justifie
le second des deux reproches que j'ai
pensé qu'on peut lui faire.

Certes, on aurait donc plus de motifs qu'il n'en faut pour détourner les
enfans de l'attrait qu'ont pour eux

toutes les substances dans la composition desquelles entre le sucre, si
d'un autre côté son usage fréquent
n'avait pas des dangers pour la santé;
à cause de la vive excitation qu'il détermine dans toute l'économie, ou, en
un mot, s'il n'était pas éminemment
échauffant.

Les fruits verts, et en général toutes
les substances acides, solides ou liquides, sont extrêmement nuisibles aux
dents. Les jeunes filles ne sauraient
croire combien leur est préjudiciable
l'avidité avec laquelle elles recherchent les boissons acidules et les fruits
verts; si la crainte d'altérer leur santé
ne les retient pas, qu'elles cèdent du
moins aux dangers qu'elles font cou-
rir à leurs dents, en sacrifiant à un
goût aussi bizarre.

L'usage des liqueurs alcoholiques
est aussi très-nuisible aux dents; et en
supposant même que leur action chimique fût nulle, elles ont toujours

l'inconvénient de mettre les gencives et les diverses parties de la bouche dans un état constant d'irritation, dont les effets se font ressentir sur les dents. L'observation a également prouvé que les eaux de puits contribuent promptement à altérer l'émail des dents; et ce que la connaissance de la composition de ces eaux fait pressentir, l'examen de la bouche des personnes qui en font usage le démontre; aussi est-il peu de personnes, dans les villes où l'emploi de l'eau de rivière est impossible, qui n'aient perdu la plus grande partie de leurs dents avant la quarantième année.

La nature directe des alimens n'est pas la seule chose à considérer dans le choix qu'on doit faire d'eux, relativement à la conservation des dents; la forme et la température sous lesquelles ils sont présentés à la bouche, exigent aussi quelque attention.

C'est ainsi qu'on devrait se faire de

très-bonne heure l'habitude de ne jamais essayer de casser avec les dents
aucune espèce de noyaux, des amandes, noix, etc. : conseil banal, il est
vrai, mais dont on ne sent toute l'importance que quand le mal que son
oubli a occasioné est irréparable.

Quant à la précaution relative à la
température des alimens, elle consiste
à éviter les deux extrêmes. Trop
chauds, ils occasionent des inflammations de la membrane qui tapisse
toute la bouche et obscurcissent nécessairement le sens du goût, en
même temps qu'ils disposent les gencives à un saignement continuel, et
tiennent les vaisseaux et les nerfs que
contient la cavité des dents dans un
éréthisme constant que la plus légère
cause fait passer à l'état d'inflammation. Trop froids, ils forcent le sang à
quitter brusquement la bouche, irri-
tent les nerfs dentaires, et disposent à
ces douleurs odontalgiques qu'on ren-

contre assez fréquemment sans que la dent offre la plus légère trace d'altération.

C'est surtout le changement brusque de mets de température opposée, qui est préjudiciable ; la sensibilité des dents, excitée tout à coup en sens contraire, se détériore promptement, et le tissu de la dent en souffre. Cette réflexion trouve naturellement son application à l'habitude qu'on a généralement de boire froid immédiatement après le potage. Un vieil adage dit que cet usage n'est nuisible qu'au médecin ; mais la raison et l'expérience prouvent qu'il est éminemment favorable au dentiste.

§ II.

De l'influence que les vicissitudes at-
mosphériques et les vêtemens exer-
cent sur le développement des ma-
ladies de la bouche et des dents.

Après les alimens, l'air et les vêtemens qui servent à nous garantir de
ses injures sont assurément les objets
dont la conservation des dents exige
le plus qu'on fasse un examen attentif.
Malheureusement, à cet égard, la voix
de la vérité a été jusqu'ici, et sera peut-
être long-temps encore, impuissante
contre l'empire fatal des préjugés et
l'ascendant bizarre que la mode exerce
si tyranniquement sur les femmes.
Car c'est en vain qu'une foule d'hommes véritablement philanthropes ont
conjuré le sexe aimable, pour lequel
j'écris particulièrement, de n'adopter
que des manières de se vêtir qui n'al-

térassent ni sa santé ni sa beauté; la raison n'a été entendue que quand il a fallu aller chercher auprès d'elle un remède ou quelque soulagement aux douleurs que le caprice de la mode avait occasionées.

Dans une matière où ont échoué tant de voix éloquentes, je n'ai pas la prétention d'être écouté; mais, pour remplir entièrement la tâche que je me suis imposée, je dois reproduire ici les dangers auxquels on expose en général sa santé et en particulier ses dents, quand on néglige les précautions en vertu desquelles on peut se soustraire à l'action pernicieuse que l'air dans quelques circonstances est susceptible d'exercer sur nous.

La première des précautions qu'on doit prendre à l'égard de l'air, c'est de se défendre également contre une chaleur extrême, et contre un très-grand froid; mais surtout d'éviter de passer brusquement d'une tempéra-

6

ture extrême à une température opposée.

Après les poumons, les dents sont
sans contredit les organes qui sont le
plus exposés à ressentir les suites funestes des nombreuses imprudences
qu'on commet journellement à cet
égard ; car elles sont d'autant plus accessibles à toute impression forte, que
leur sensibilité est toujours maintenue
à un juste degré par la douce chaleur
et l'humidité que l'air contracte en tra-
versant la bouche dans l'acte de la
respiration.

C'est surtout le passage brusque du
chaud au froid, qui est le plus pernicieux aux dents. Elles sont susceptibles, sous l'influence de cette cause,
de s'altérer de deux manières différentes ; tantôt directement, tantôt indirectement. Directement, par la vive
stimulation que le froid fait éprouver
aux vaisseaux sanguins et aux nerfs
que contient la membrane renfermée

dans le canal dentaire. Indirectement, par la suppression brusque de la transpiration de quelque partie du corps, qui, quelle que soit d'ailleurs l'explication médicale qu'on donne du fait, se porte sur la membrane qui tapisse la bouche, et de là sur les dents, en donnant naissance à ces gonflemens inflammatoires de toute l'épaisseur des parois de la bouche, généralement désignés sous le nom de fluxions.

Les femmes doivent à la finesse naturelle de leur peau, à leur extrême sensibilité et à l'état de susceptibilité particulière où les place chaque mois l'évacuation sanguine à laquelle elles sont sujettes, le triste avantage d'être plus facilement accessibles que les hommes aux effets de tout changement brusque de température. Malheureusement la vie sédentaire et parfois tout-à-fait monotone, à laquelle nos institutions sociales les assujétissent, n'est propre qu'à augmenter

encore en elles cette fâcheuse disposition à contracter des catarrhes, des
fluxions, des maux de gorge, et cette
foule d'indispositions, légères en apparence, mais dont la répétition entraîne dans beaucoup de cas la perte
de leurs dents.

Le meilleur moyen de se prémunir
d'avance contre les effets nuisibles des
vicissitudes de l'atmosphère, serait de
contracter de bonne heure l'habitude
de ne se couvrir que modérément et
de prendre en plein air un exercice
qui, en favorisant le développement
harmonique de toutes les parties du
corps, donnât à chacune d'elles la
force de réagir contre toutes les causes
qui tendent à troubler leur action.

Malheureusement le plan essentiellement vicieux d'éducation adopté
pour les jeunes filles, tend à un résultat en tout point différent de celui où
aboutirait l'habitude dont je viens de
faire ressortir les avantages; et le mé-

decin à cet égard est réduit ou à former des vœux stériles, ou à se borner
à donner des conseils dont l'application est purement de circonstance.

Aussitôt que la température de l'air
éprouve quelque changement, les
femmes doivent donc avoir le soin de
se couvrir convenablement. Ont-elles
à marcher sur un sol humide? Qu'elles
prennent des chaussures propres à
garantir leurs pieds de toute humidité.
Quittent-elles pendant l'hiver un salon
dont la température est très-élevée?
qu'elles tâchent, au moyen d'un mouchoir approché de la bouche, de soustraire leurs dents à la première impression de l'air.

La précipitation avec laquelle la
plupart des jeunes personnes sortent
des bals ou des réunions de nuit, qui
ont ordinairement lieu dans le moment
le plus rigoureux de l'hiver, est éminemment funeste à un très-grand
nombre d'entre elles; car enivrées du

plaisir d'avoir fixé les regards, et de l'idée si délicieuse et si naturelle pour une jeune fille d'avoir mérité et reçu quelques complimens flatteurs, elles oublient presque toujours dans ce moment ce que la prudence indique de faire. C'est à une mère à rappeler dans cet instant à sa fille les précautions que la nécessité exige d'elle ; ce que l'amour maternel la porte à faire dans ce cas, l'intérêt personnel suffirait seul pour le commander; car une mère, en recevant de toutes parts le juste tribut d'hommages qu'on s'est empressé de payer à la beauté de sa fille, ne contracte-t-elle pas évidemment l'obligation sacrée de veiller elle-même à la conservation de ses charmes?

Peut-être même est-il très-convenable que j'avertisse ici les mères de l'imprudence que commettent quelques jeunes filles qui, pour se procurer le plaisir d'une promenade ou d'un bal, cherchent à se débarrasser de l'incommodité à laquelle elle sont assujetties chaque mois, en plongeant leurs pieds ou leurs mains dans l'eau froide. Tous les médecins qui ont écrit sur les maladies des femmes, ont signalé les accidens auxquels une telle imprudence pouvait donner lieu, mais il n'est point indifférent que j'en parle ici, puisque des fluxions continuelles et la perte des dents en sont les suites les plus fréquentes et malheureusement les moins redoutables. Combien de fois en effet n'a-t-on pas vu des jeunes femmes acheter, au prix d'une fluxion de poitrine mortelle, l'espoir qu'elles ont eu d'entraver en vain la marche de la nature, et le désir de se soustraire momentanément au joug de quelques réserves qu'elle leur impose?

Les femmes doivent aussi se préserver du dangereux écueil où les entraîne si souvent le désir de se vêtir d'étoffes légères au renouvellement de la belle saison, et de rester long-temps exposées à l'humidité que les arbres entretiennent sur la plupart de nos promenades, et que la couche légère de sable dont leur sol est recouvert n'est pas propre à dissiper. Ce conseil s'adresse particulièrement à celles qui seraient enceintes ou dans le moment de leur éruption périodique, et devrait être d'autant plus strictement suivi, qu'elles auraient une disposition à contracter des rhumes et qu'elles seraient sujettes à des douleurs de dents.

Un usage trop fréquent des éventails, en arrêtant à chaque instant la transpiration, peut aussi avoir une part active dans le développement des différentes maladies des précieux organes dont la conservation nous occupe. La plus légère réflexion suffit pour faire sentir la réalité de l'inconvénient que j'attribue à l'action de

l'éventail, car s'exerçant sur la figure,
son effet doit se faire particulièrement
sentir sur les différentes parties qui
composent la bouche.

Au nombre des objets qui font partie de la toilette des femmes, et qui
portent une atteinte fort préjudiciable
aux dents, on peut mettre les fards
et un grand nombre d'eaux spiritueuses dont on fait un usage assez fréquent.
Presque tous ces cosmétiques contiennent des substances minérales qui
sont de véritables poisons. C'est ainsi
que dans les fards il entre ordinairement de l'antimoine, du bismuth, de
l'oxide de plomb, tandis que les eaux
spiritueuses, comme les eaux de Ni-
non, des Sultanes, à la Duchesse, à la
Maréchale, contiennent fréquemment
du muriate sur-oxigéné de mercure,
ou du muriate de plomb. Les unes de
ces substances agissent directement
sur les dents auxquelles elles sont
portées par les vaisseaux lymphati-

6*

ques qui de la peau vont se ramifier sur la membrane que tapisse toute la bouche ; les autres agissent à la manière de tous les astringens, dont l'effet est de tendre à forcer le sang d'une partie à refluer sur les organes voisins (1).

Par un heureux retour aux usages consacrés par la raison et le bon goût, l'emploi de la plupart de ces préparations dangereuses est aujourd'hui presque entièrement tombé en désuétude. Mais les femmes qui par leur position

---

(1) Si on veut se convaincre de l'action pernicieuse qu'ont sur les dents toutes les substances dans la composition desquelles entre le mercure, il suffit de voir l'état affreux de détérioration où est la bouche de tous les individus qui sont employés à l'étamage des glaces. Ces malheureux traînent leurs jours dans une langueur continuelle, dont le premier effet est la perte totale de leurs dents.

seraient obligées d'en faire usage, et
qui pourtant tiennent à conserver leurs
dents, ne devraient se servir que de
cosmétiques qui ne renfermassent aucuns sels ou oxides métalliques : ceux
qui sont composées de substances végétales, comme le carthame, le sceau
de Salomon, et les différens bois de
teinture, ne sont pas sans inconvénient pour la peau; mais leur action
semble moins pernicieuse aux dents;
aussi méritent-ils la préférence.

Enfin, une habitude qu'ont la plupart des femmes en s'occupant de l'a-
justement de leur vêtemens, c'est de
porter constamment des épingles ou
des aiguilles à leur bouche, et de se
servir de leurs dents pour couper du
fil, de la soie, etc. Ces corps durs altèrent à la longue l'émail des dents, et
ce qui ne laisse aucun doute à cet égard,
c'est que toutes les femmes qui par état
se livrent habituellement à des ouvrages d'aiguille, ont une perte de

substance vers les dents qui répondent
à la commissure des lèvres (1).

Le conseil que je donne aux femmes
de s'abstenir entièrement de cette habitude trop commune, ne pourrait donc
paraître minutieux qu'aux personnes
qui jugent trop légèrement et qui
ignorent qu'en fait de maladies, les
causes les plus simples peuvent conduire à de funestes résultats. La nécessité ne nous force-t-elle donc pas assez
souvent à nous écarter de la route du

---

(1) La même chose s'observe sur les hommes
qui ont l'habitude de fumer du tabac dans des
pipes de terre. Quelques uns même ont les incisives latérales et les canines tellement usées ,
qu'ils sont obligés de placer leurs pipes du côté
opposé à celui où ils les plaçaient habituellement. Voir, pour de plus amples détails sur les
effets de l'habitude de fumer , à la fin de ce
livre les fragmens de mon ouvrage intitulé :
*Conseils aux Fumeurs sur la conservation de
leurs dents.*

bien, sans que nous négligions encore quelques précautions qu'il est en notre pouvoir d'opposer à l'atteinte du mal?

Enfin, pour compléter l'examen de l'influence défavorable et même éminemment pernicieuse que l'air, dans quelques positions particulières de la vie, peut exercer sur les dents, il me resterait à considérer la conservation de la bouche dans ses rapports avec certaines professions. Mais il est facile de pressentir que les recherches et les réflexion que pourrait me suggérer ce sujet m'entraîneraient dans une foule de considérations physico-chimiques plus propres à figurer dans un ouvrage uniquement réservé aux médecins, que dans un livre plus spécialement destiné aux personnes étrangères à l'art et jalouses de conserver leurs dents.

D'ailleurs, pourquoi charger de sinistres couleurs le tableau déjà si

sombre des causes qui peuvent exercer
sur la bouche ou sur les dents une
influence dévastatrice? La plupart des
individus qui se livrent à des professions insalubres, ordinairement placés
entre les premiers besoins de la vie
et l'amour de leur santé, subissent
le joug rigoureux de la nécessité, et
mes conseils, quelque sages et prudens
qu'ils fussent, ne sauraient les garantir
des peines attachées à leur position.
Tout ce que nous pouvons faire à cet
égard, c'est de gémir, avec tous les
hommes véritablement amis de l'humanité, en voyant à quel prix nous
achetons quelquefois les douceurs de
la vie sociale, et à combien de milliers d'individus les plus faibles de nos
jouissances coûtent journellement la
vie.

CHAPITRE IV.

DES RÈGLES SUIVANT LESQUELLES DOIVENT ÊTRE DIRIGÉS LES SOINS PARTICULIERS QU'EXIGE LA PROPRETÉ DES DENTS.

—

§ Ier.

Des soins journaliers qu'exige l'entretien des dents, et de la nécesssité de faire sentir de bonne heure leur importance aux jeunes gens.

QUELQUE heureux résultat que puisse avoir, sur la conservation des dents, le soin qu'on aura pris de ne choisir que des alimens convenables, et de soustraire sa bouche de tout air qui n'aurait pas les qualités requises, l'espoir de conserver long-temps ces précieux organes serait encore chimérique, si on dédaignait de se soumettre à certaines précautions locales dont nous avons déja établi plus d'une fois ailleurs l'indispensable nécessité.

Ces précautions forment ce qu'on nomme communément les soins de propreté de la bouche. Elles semblent en général d'une exécution si simple et si facile, que quelques personnes pourraient penser, au premier abord, que je devrais m'en tenir ici à faire ressortir leur nécessité, et passer légèrement sur leur description. Mais je suis tellement convaincu que, parmi les personnes qui tiennent le plus à la bonté et à la blancheur de leurs dents, il n'en est qu'un très-petit nombre qui ne commette de fréquentes erreurs dans les règles suivant lesquelles doit être dirigé tout ce qui constitue ces soins journaliers, que je me fais un devoir de n'omettre aucun des détails, même les plus minutieux, que leur examen réclame.

Le premier de tous les soins journaliers qu'exige la conservation des dents, c'est de se rincer la bouche immédiatement en sortant du lit, et avec de l'eau à une température de 8 à 10 degrés. Cette précaution n'est point à négliger, car il est évident que, si on sert de suite d'une brosse ou de tout autre corps, on promène sur les dents et sur les gencives les mucosités dont la bouche s'est enduite pendant la nuit, et qu'on parvient ainsi plus difficilement au but qu'on se propose.

L'eau pure suffit ordinairement à cet effet ; mais les personnes dont l'haleine serait forte, ou qui auraient les gencives blafardes et molles, feront bien d'y ajouter quelques gouttes d'une eau-de-vie légère ou d'une eau

de Cologne préparée par un pharma-
cien habile, et non pas de celle qui
recèle quelques substances nuisibles,
comme on ne l'achète que trop souvent chez les personnes étrangères à
l'art du parfumeur.

On fait ensuite usage d'une poudre
dentifrice quelconque, dont on frotte
légèrement dans tous les sens avec un
corps humide, doux et flexible, non
seulement les dents, mais encore les
gencives. Mais sur quel corps faut-il
appliquer cette poudre? Faut-il donner la préférence à une brosse, à une
éponge fine, ou bien même au doigt
muni d'un morceau de drap? L'usage
s'est, à cet égard, entièrement pronon-
cé en faveur de la brosse, et Fauchard,
l'Hippocrate de la médecine dentaire,
reviendrait assurément de l'opinion
défavorable qu'il avait des brosses de
crin en voyant avec quelle facilité on
peut aujourd'hui s'en procurer d'une
extrême finesse.

L'éponge, dont Fauchard préconise les avantages, a d'ailleurs l'inconvénient de produire, en passant sur les dents, une sensation fort désagréable, surtout pour les personnes qui, à la suite de quelque accident ou de quelque opération, ont des dents privées d'une partie de leur émail. Ensuite la brosse a l'avantage de pouvoir être dirigée sur les côtés des dents, et de les frotter ainsi dans tous les sens ; tandis que les éponges fixées sur un corps résistant, ne frottent que sur le milieu des dents, et n'agissent en aucune façon sur le point par lequel elles se touchent, et où il est pourtant le plus nécessaire d'agir. L'éponge peut, à la vérité, être employée libre, c'est-à-dire sans être fixée sur aucun corps qui lui serve de soutien ; mais alors, les doigts ne pouvant l'introduire profondément dans la bouche, elle ne nettoie que les dents de devant, et ne remplit, par conséquent, que la moitié de l'indication qu'on cherche à remplir.

On se sert encore, pour nettoyer les dents, de différentes racines taillées en pinceaux par l'une de leurs extrémités. Ces racines sont ordinairement celles de réglisse, de luzerne ou de guimauve, qu'on fait bouillir à plusieurs eaux, et dont on ne se sert qu'après les avoir teintes et aromatisées. Si elles ont sur les brosses l'avantage d'être plus douces, elles ont aussi l'inconvénient d'être difficiles à conserver; car, placées dans un lieu sec, elles se durcissent trop; exposées à l'humidité, elles se moisissent. Leur usage est aujourd'hui généralement abandonné, et on ne les trouve guère que dans quelques anciennes officines.

On ne peut donc se le dissimuler, l'emploi de la brosse est tellement préférable à l'éponge, et est si favorable à la conservation des dents, qu'on lit, dans un *Voyage dans l'Afrique oc-*

cidentale, que les femmes de *Pan-jetta*, qui prennent de leurs dents un soin tout particulier, et qui ne connaissent point l'usage de nos brosses de crin, y suppléent en les frottant plusieurs fois par jour avec une poudre très-fine de plantes desséchées et des petites branches de tamarin préparées à cet effet. A l'aide de ce simple moyen, ces femmes offrent généralement les plus belles dents qu'il soit possible de voir.

Quant à la nature de la poudre dentifrice dont on devrait faire usage, on peut consulter à cet égard le cinquième chapitre de cet ouvrage, qui est uniquement consacré à la préparation des diverses substances pharmaceutiques employées pour les dents, et destiné à mettre les personnes qui attachent du prix à leur conservation, dans le cas d'éviter les piéges que tant de charlatans tendent et à l'espérance et à la crédulité.

Quelques personnes, pour se soustraire aux dangers qui accompagnent
si souvent l'emploi des poudres dentifrices, se servent de poudre de tabac
ou de suie. Ces substances n'ont pas
seulement l'inconvénient d'une extrême malpropreté, et de laisser à la bouche un goût fort désagréable; mais
leur emploi habituel donne aux dents
une teinte jaune qu'il est presque
impossible par la suite de faire disparaître; l'emploi de la poudre de char-
bon tant préconisée a le même inconvénient.

En général, pour obtenir des poudres dentifrices tous les avantages
qu'on a droit d'en attendre, elles ne
doivent contenir dans leur préparation aucunes substances chimiques
susceptibles d'altérer les dents et d'a-
gir défavorablement sur ces organes;
elles doivent en outre être por-
phyrisées d'une manière impalpable,
pour que leurs effets mécaniques

ne puissent agir trop profondément.

Après avoir frotté ses dents plus en dehors qu'en dedans où elles sont moins susceptibles de retenir des matières étrangères et de se couvrir de tartre, on doit se rincer la bouche à plusieurs reprises pour enlever le limon que la poudre dentifrice aura déposé sur les dents. On peut se servir, à cet effet, d'une eau tiède pure, mais il est préférable d'aromatiser cette eau par quelques gouttes d'eau de Cologne ou d'un élixir dans la composition duquel n'entreront que des substances balsamiques.

Le jus de citron, le suc d'oseille, l'acide muriatique, dont quelques personnes se servent, même d'après les avis de certains dentistes, doivent être sévèrement proscrits ou employés avec la plus grande circonspection; car ces différens acides ne blanchissent les dents que pour la première fois qu'on les emploie, et leur usage continu finit par les jaunir, puisqu'ils détruisent insensiblement leur émail et les privent par là de l'éclat que leur donne la texture serrée de cette enveloppe extérieure qui est la partie la plus solide de la dent.

Indépendamment de la précaution qu'on aura prise de choisir une brosse dont la force sera proportionnée à la sensibilité des gencives et à l'épaisseur et à la dureté de l'émail, on doit observer de la tenir très-propre, de manière qu'après avoir été lavée, elle ne puisse donner aucune teinte à l'eau claire. Il n'est pas indifférent non plus de renouveler cette brosse dès qu'elle commence à s'user, parce que, si, dès le moment où on s'en est servi pour la première fois, elle a un degré de mollesse convenable, elle devient nécessairement trop résistante à mesure que les crins qui la forment perdent de leur longueur.

Chaque fois qu'on cesse de manger,

il est indispensable de se servir d'un cure-dent pour enlever les particules alimentaires qui se sont insinuées entre les dents, et dont le séjour favorise la formation du tartre et prédispose à la carie. Les meilleurs cure-dents sont ceux de plume; il ne faut jamais se servir de ceux de métal et encore moins d'aiguilles, d'épingles et autres corps semblables. Le choix des plumes dont on fait les cure-dents n'est pas indifférent : celles qui sont préparées pour écrire sont ordinairement trop résistantes ; aussi vaut-il mieux n'en employer que d'une grosseur moyenne, et plutôt celles qui sont un peu opaques que celles qui sont transparentes.

En Italie, par exemple, et dans quelques autres pays, on se sert communément de cure-dents faits avec un bois flexible et en même temps serré; ils ont cet avantage sur ceux de plume, que leur pointe n'est jamais aussi acérée, et qu'ils exposent moins à blesser

7

les gencives. De petites lames de baleine ou d'écaille, effilées et taillées en pointe, peuvent aussi remplacer sans inconvénient les cure-dents de plume.

Dans quelques pays on est dans l'habitude d'offrir aux convives, après le repas, de l'eau tiède pour se rincer la bouche : cette prévenance est fort louable. La forme élégante de quelques coupes consacrées à cet usage, et trouvées dans les fouilles d'Herculanum et de Pompéia, atteste évidemment que les anciens Romains attachaient à cet objet une grande importance.

Je m'étonne qu'en France, où l'on se pique de porter à l'extrême tout ce qui peut contribuer au bonheur de la vie, on soit si long-temps à adopter généralement ce soin de propreté dont la nécessité est incontestable. Un usage marqué comme celui-ci au coin de l'utilité, compenserait ce qu'a de fatigant le cérémonial d'un

grand dîner, et ferait oublier certaines pratiques que le luxe et l'étiquette
ont mal à propos introduites dans le
grand monde. Si les hommes croient
pouvoir s'en dispenser, les femmes
ont tort de s'en abstenir, car les particules alimentaires qui restent fixées
sur les dents masquent le poli de l'é-
mail et altèrent l'éclat de la plus belle
voix. Cette précaution, qui est nécessaire à toutes, est particulièrement
indispensable pour celles qui se proposent de chanter ou de faire les
honneurs de la conversation.

Enfin, il n'est pas inutile non plus
de faire soi-même, au moins une fois
par semaine, l'inspection de sa bouche,
j'entends par là se placer devant un
miroir pour regarder toutes ses dents
les unes après les autres, passer le
cure-dent entre toutes, et même les
frapper doucement avec un corps dur
pour juger si l'on éprouve quelque
sensation désagréable qui proviendrait

d'une carie naissante et dont l'œil n'aurait pu s'apercevoir. On peut se servir avec avantage dans ce cas du petit miroir à bouche, dont l'extrême mobilité permet de porter la vue sur toutes les parties des dents : l'importance de ce petit meuble est telle même qu'il devrait avoir sa place marquée sur la toilette de toutes les dames.

Tels sont les soins de propreté ou mieux les précautions journalières que réclame la conservation des dents; ils sont simples comme on voit, et d'une facile exécution; et s'ils paraissent assujétissans, c'est qu'en général on ne sent que trop tard l'importance des avantages qu'ils procurent, tandis que si on en prenait de très-bonne heure l'habitude, on y ferait à peine attention et on s'y livrerait comme à tant d'autres occupations journalières auxquelles on se livre, pour ainsi dire, à son insu.

C'est surtout aux jeunes filles qu'il

importe de faire contracter de bonne heure cette précieuse habitude ; et si les conseils ne suffisent pas, il est, pour se faire écouter d'elles, un moyen presque infaillible : c'est de piquer leur amour-propre, et de leur montrer jusqu'à quel point toute négligence apportée dans les soins que réclament leurs dents, peut éloigner pour elles ce moment après lequel elles soupirent, même dès l'âge le plus tendre. Il est facile de voir que je veux parler ici du mariage.

Ainsi, sans trop exciter en elles le désir de plaire, désir dont l'excès seul constitue la coquetterie, on doit leur montrer cependant que si nous attachons un grand prix aux qualités morales des femmes, leurs agrémens extérieurs n'en sont pas moins les plus précieux apanages de leur sexe, et l'objet éternel des hommages du nôtre.

Pour leur prouver que ces agrémens ne sauraient être parfaits sans de belles dents, chaque fois qu'une mère dans la société rencontrera une femme dont la bouche porterait l'empreinte de quelque négligence, qu'en la désignant à sa fille elle laisse échapper cette phrase si persuasive : Voilà une femme aimable ; mais elle serait en même temps jolie et aimable si elle avait d'autres dents.

Je doute qu'il y ait une seule demoiselle qui ne cherchât, par des soins de propreté ou par de légers secours de l'art du Dentiste, à éviter cette observation qui est de tous les temps, de tous les lieux, et qui sort souvent de la bouche même de ceux qui sont privés de l'avantage d'avoir de belles dents, tant est désagréable la première impression que produit sur nous la vue du mauvais état de cette partie si remarquable de la figure.

D'ailleurs, pourquoi prendre des détours quand il s'agit de proclamer une vérité que personne ne conteste?

un sexe fait pour plaire ne doit rien
négliger de ce qui peut lui fournir les
moyens d'arriver à ce but. Aux yeux
même d'une austère philosophie, la
négligence est plus blâmable que l'excès contraire. Pour ne pas sortir de
notre sujet, combien de demoiselles
ne seraient pas restées telles, si leur
abord rebutant n'avait pas éloigné
ceux que leur fortune aurait engagés
à solliciter leur main! Combien de
femmes doivent l'éloignement de leurs
époux aux ravages que la négligence
a faits à leur bouche, et à l'haleine
désagréable qui accompagne presque
toujours des dents rongées par la
carie!

Si j'insiste ici sur la nécessité d'habituer de bonne heure les jeunes demoiselles à regarder comme indispensables les soins que demande la propreté de leurs dents, je ne prétends
pas dire que les jeunes gens de l'autre
sexe doivent s'abstenir de ces soins.

Tel est même mon avis à cet égard,
que je cherche vainement à comprendre comment un père peut confier
l'éducation de son fils à un étranger,
sans lui recommander expressément
de l'habituer à donner à la propreté
de ses dents la même attention qu'il
accorde à celle de sa figure ou de ses
mains.

Prendre de sa personne des soins
trop minutieux serait assurément une
chose ridicule de la part d'un homme;
mais pousser le dédain de soi-même
jusqu'à négliger une pratique que la
décence seule réclame, serait une
conduite plus ridicule encore.

C'est ce qu'il ne faut cesser de représenter aux jeunes gens; quelle que
soit la position de la société dans laquelle ils se trouveront placés, ils applaudiront aux vues qui auront dicté
de semblables conseils, et se féliciteront de les avoir suivis.

Lancés dans la carrière du barreau

ou de la littérature, ils exprimeront leurs pensées avec autant de force que de netteté, et, modulant à volonté les inflexions de leur voix, ils parleront plus directement au cœur de leur auditoire et entraîneront son esprit. Médecins, ils ne fatigueront pas la susceptibilité d'un malade par cette odeur désagréable qui s'exhale de la bouche de tant de personnes. Hommes du monde, enfin, ils n'offriront pas le contraste choquant d'une mise recherchée et d'une bouche ravagée par la carie, dont le spectacle est d'autant plus fatigant, que celui qui l'offre est moins indispensable dans la société.

7*

§ II.

Réfutation de l'opinion qui fait regarder comme dangereux l'emploi de la lime pour racourcir des dents qui sont trop longues et séparer celles qui sont trop serrées.

Dans le dernier paragraphe du deuxième chapitre, j'ai fait sentir combien il était nécessaire de surveiller la deuxième dentition pour procurer aux enfans une denture régulière, et j'ai montré qu'ausitôt que les secondes dents affectaient une direction vicieuse, il fallait avoir recours au chirurgien-dentiste, afin qu'il prévînt de bonne heure toute difformité de la bouche, par quelques unes des nombreuses ressources que possède son art.

Tout ce que j'ai dit à ce sujet ne s'applique donc qu'aux dents considérées sous le point de vue de leur direction , ou mieux sous le rapport de la place que chacune d'elles doit occuper; mais elles peuvent encore offrir plusieurs autres irrégularités dans leur développement : deux des plus fréquentes sont la longueur disproportionnée de quelqu'une d'entre elles, et le rapprochement trop intime de plusieurs ou de toutes.

La première de ces deux irrégularités n'a pas le seul inconvénient d'être d'un aspect fort désagréable, mais la dent qui la présente , heurtant sans cesse la dent correspondante de l'autre mâchoire, la gêne, l'ébranle et en détermine la perte, après avoir occasioné de très-fortes douleurs, et forcé le sujet à ne mâcher qu'incomplétement ses alimens. L'autre est une des conditions que l'observation journalière prouve être défavorables à la conservation des dents, et elle s'écarte des règles, peut-être de convention, il est vrai, sur lesquelles nous jugeons de la beauté des dents qui, à nos yeux, offrent quelque chose d'infiniment plus gracieux quand elles laissent entre elles un léger écartement.

L'art du Dentiste est loin de rester spectateur tranquille des inconvéniens qui peuvent résulter de ces deux défauts de régularité dans l'arrangement des dents; mais une prévention défavorable pour les moyens qu'il emploie à cet effet, éloigne encore beaucoup de personnes des bienfaits de leur application opportune. Ces moyens sont, dans le premier cas, la section de la dent exubérante en longueur; dans le second, l'isolement des dents trop serrées.

La lime est le principal des instrumens que nous employons pour remplir ces deux indications. Au nom seul de cet instrument, et à l'idée de son application sur les dents saines, j'entends un grand nombre de personnes me faire cette objection; qu'en

limant une dent, on la prive de son
émail, et on en décide la carie.

Sans doute, l'émail est nécessaire
à la conservation de la dent, puisqu'il
la protége contre l'atteinte des alimens,
du froid, du chaud, et en général contre toutes les causes capables d'exercer une action pernicieuse contre la
substance même de l'os ; mais cette
écorce extérieure, qu'on me permette
l'expression, pour être utile, est loin
pourtant d'être d'une nécessité aussi
absolue qu'on se l'est généralement
imaginé, et une dent qui en est dépourvue peut très-bien néanmoins ne pas
être atteinte par la carie.

L'état d'intégrité parfaite dans lequel restent, soit les dents qui se sont
rompues dans une chute, soit celles
sur lesquelles on a détruit avec la lime,
la rugine ou le burin, quelques parties affectées d'une carie provenant de
causes extérieures, prouve toute la vérité de cette assertion. Si, pour la

sanctionner, il fallait quelque explication, il serait facile de prouver que la
chose doit être ainsi, puisque là où
il y a ablation d'émail, il se fait une
espèce de cicatrisation qui donne à
cette partie de la dent un degré de
dureté de beaucoup supérieur à tout
le reste de la substance osseuse.

Ainsi donc, l'expérience se joint au
raisonnement pour prouver que la
lime, entre les mains d'un Dentiste
adroit et prudent, n'expose jamais aux
dangers qu'on lui suppose. Sans doute,
on peut l'employer dans des circonstances où elle n'aura aucun résultat
favorable, mais elle n'entraîne jamais
la perte des dents : et si un semblable
accident survenait à la suite de son
emploi, il faudrait en rechercher la
cause ailleurs, et rester convaincu qu'il
serait survenu sans qu'on se fût servi
d'elle. Toute opinion contraire à cette
idée est une erreur, un préjugé nuisible dans une foule de circonstances,

et que, pour cela même, on ne saurait'
trop combattre, puisqu'il expose une
foule de personnes à perdre plusieurs
dents, dont une opération aussi simple
que peu douloureuse leur eût assuré
la conservation.

Si l'expérience et une explication
plausible démontrent non seulement
que l'action de la lime n'a pas sur les
dents les dangers qu'on lui suppose,
mais qu'une dent légèrement limée
sur quelques points n'est guère plus
sujette à la carie, que quand elle est
entièrement recouverte de son émail,
il n'en est point ainsi de l'opinion généralement accréditée, qui fait regarder les dents trop serrées comme se
trouvant dans une position infiniment
plus défavorable à leur conservation,
que celles qui laissent entre elles un
éger écartement. Ici, du moins d'a-
près les ouvrages écrits sur la science
dentaire, on ne peut alléguer jusqu'à
présent que l'autorité de l'expérience;

car l'explication qu'on en a donnée dans ces derniers temps(1), en disant que la carie survenait par l'obstacle que le rapprochement des dents apportait au cours des fluides qui circulent dans l'émail, est tout aussi sujette à contestation que celle qui consiste à regarder la carie comme le résultat d'une *décomposition*, d'une *putréfaction* qui, des matières alimentaires et autres retenues dans les interstices dentaires, se communique à la dent elle-même.

En effet, s'il est juste d'objecter à cette dernière explication, 1° que tant qu'une partie est vivante, elle est inaccessible à la putréfaction; 2° que la putréfaction n'est autre chose que le changement d'état d'un corps dont les élémens constitutifs reprennent leur liberté primitive, mais n'ont aucune

_____

(1) Delabarre , *Traité de la seconde Dentition ;* page 157.

tendance à communiquer un état semblable aux parties environnantes,
puisque ces élémens sont, pour la plupart, nécessaires à l'entretien de la
vie ; on peut prouver aussi que ce n'est
pas la gêne qu'éprouvent les fluides de
l'émail qui détermine la carie des dents
très-serrées ; et cette preuve, on la
trouve dans le moyen même qu'on
propose pour prévenir cet accident.
Ce moyen est la séparation des dents ;
mais cette séparation n'a lieu que par
une perte de substance dans toute la
longueur du bord de la dent, qui
certainement oppose au libre cours
des fluides de l'émail un obstacle bien
plus grand que la compression.

D'ailleurs, la comparaison qu'on
croit pouvoir établir entre deux dents
serrées l'une contre l'autre et deux
branches d'arbres dans la même position, dépose elle-même contre cette
explication : car la gêne que les vaisseaux de ces branches éprouvent, les

force seulement à changer de direction
et à former un bourrelet vers le point
de contact, et, si elles s'ulcèrent, cet
accident ne peut être attribué qu'à la
présence de quelque insecte rongeur
qui s'est fixé entre les deux branches.

Cette discussion aurait sans doute
trouvé plus naturellement sa place
dans un ouvrage consacré à la physiologie des dents, que dans un traité de
l'Hygiène de la Bouche; mais j'ai jugé
utile de l'aborder, pour prouver que
toutes les fois que les médecins qui
se livrent plus spécialement à tel ou
tel point de la pathologie, voudront
expliquer les phénomènes auxquels
sont soumis les organes dont la conservation les occupe particulièrement,
autrement que par les lois communes,
ils s'exposeront à d'éternelles erreurs,
et rapprocheront les limites de leur
art, au lieu de les éloigner.

N'est-il donc pas plus simple, pour
expliquer la fréquence de la carie sur

les dents trop serrées, de dire : plus
les dents sont rapprochées, plus il
est difficile de les nétoyer; or les matières étrangères, alimentaires ou
autres, séjournent entre elles, ramol-
lissent à la longue l'émail, et déterminent sur la substance osseuse elle-
même une inflammation dont la carie,
qui est l'ulcération des os, est la terminaison ordinaire. Ce qui facilite encore
cette inflammation, c'est que les personnes qui ont les dents trop serrées
sont continuellement obligées de les
tourmenter, au moyen de corps durs,
comme des épingles ou des aiguilles,
pour en extraire les particules alimentaires qui se logent dans leurs interstices. Enfin quand la carie affecte des
dents très-rapprochées, on ne s'en
aperçoit alors que tard, et lorsqu'elle
a déja fait de grands progrès; ce qui
n'arrive pas chez les personnes dont
les dents sont dans une circonstance
opposée. Terminons par des proposi-

tions générales dégagées de toute explication scientifique, et par cela même
d'une facile explication.

1°. La séparation des dents n'est pas
un moyen infaillible d'empêcher leur
envahissement par la carie; mais per-
mettant de les nétoyer plus facilement,
elle contribue à éloigner les causes
sous l'influence desquelles cet accident se développe le plus communément.

2° Les légères secousses que l'action
de la lime exerce sur les dents, n'ont
sur ces dernières aucun résultat défavorable.

3° L'isolement des dents, considéré
comme une opération de simple précaution, doit toujours être ajourné
jusqu'à seize, dix-huit ou vingt ans,
parce que ce n'est guère qu'à cet âge
que le cercle formé par l'une ou l'autre
mâchoire ayant atteint tout son développement, on doit perdre l'espoir de
voir les dents qui sont trop serrées

les unes contre les autres, se ranger par les seules forces de la nature; d'ailleurs, avant cet âge l'émail n'a point encore acquis une épaisseur suffisante pour qu'on n'ait pas lieu de craindre qu'on ne mette à nu la substance osseuse de la dent, qui pourrait se carier d'autant plus promptement qu'elle jouit alors d'une extrême sensibilité.

De semblables raisons me semblent suffisantes pour engager toutes les personnes qui auraient les dents tellement serrées, que quelques unes s'avançassent sur les autres, ou que toutes fussent jointes au point de ne pas permettre l'introduction d'un cure-dent de plume très-mince, à soumettre leur bouche à l'examen d'un Dentiste, et à suivre les conseils que la prudence exigera qu'il leur donne à cet égard.

§ III.

De la nécessité de confier à un Den-
tiste le soin d'enlever le tartre qui
s'amasse sur les Dents. Erreurs et
préjugés sur l'action des instrumens
d'acier dont il se sert à cet effet.

Si on se soumettait de bonne heure
aux soins journaliers que réclame la
propreté de la bouche, et qu'on s'en
acquittât régulièrement, tant que les
dents ne prendraient point part à quelque affection interne, ou n'éprouve-
raient aucun accident extérieur, on
aurait droit d'espérer de les conserver
jusqu'à un âge avancé dans leur état
de blancheur naturelle.

Mais pour une personne qui sent
combien la bonté des dents intéresse
la santé et ajoute de grâce à la physionomie, ou chez laquelle une éducation
sagement dirigée a réduit en habitude

les soins sur lesquels repose la conservation d'organes aussi utiles, vingt
autres les abandonnent communément
au gré de la nature, sans faire la moindre attention aux nombreux inconvéniens qui suivent ou accompagnent
leur perte : quelques unes même se
piquent de négliger leurs dents, et,
bravant les douleurs que cette négligence entraîne toujours, n'ont recours
au Dentiste que pour réclamer de son
art ces secours qu'il n'est plus en son
pouvoir de leur donner, parce qu'elles
les ont réclamés trop tard, et que,
dans cette circonstance comme ailleurs, les meilleurs remèdes n'ont jamais le résultat avantageux qu'on eût
obtenu par de simples précautions
prises à temps.

Ce qu'une coupable insouciance a
fait faire à ces personnes, d'autres le
font par suite de l'erreur la plus grossière, qui leur fait attribuer la durée
et la blancheur des dents au peu de

soin qu'on en prend; préjugé fatal qui les empêche de voir que si quelques individus doivent à la force de leur constitution et à la conformation de leurs dents l'heureux privilége d'être exempts de tout soin, il en est une foule d'autres aussi qui ne parviennent à les conserver que par une attention au défaut de laquelle ils en eussent infailliblement été privés à leur trentième année.

Mais ne cherchons pas à réfuter ici le raisonnement vicieux sur lequel quelques personnes se fondent pour ne donner aucun soin à leur bouche; je suis trop disposé à ne voir dans ce raisonnement qu'une excuse ridicule, qu'un voile dont on cherche à couvrir sa négligence, ou mieux sa malpropreté.

Le résultat le plus fréquent et le plus prompt que puisse produire sur les dents l'insouciance, ou une confiance calculée dans les forces conservatrices de la nature, est la formation du tartre, espèce de substance pier-reuse qui se dépose sur les dents sous la forme de couches variables dans leur couleur et leur densité, non moins que dans leur épaisseur.

Quelle est la nature intime du tar-tre, ou mieux d'où provient-il? il n'est assurément aucune personne étran-gère à la médecine, qui, en adressant cette question à un Dentiste, n'atten-dît de lui une réponse positive. Mal-heureusement, quelque brillant que paraisse et que soit en effet l'état ac-tuel de la science, cette réponse pour-rait bien n'être encore qu'une pure hypothèse.

Plusieurs physiologistes et quelques dentistes modernes ont regardé le tar-tre, les uns comme étant fourni par des glandes qui environnent les dents, les autres comme étant le résultat d'une exhalaison terreuse et maladive de la membrane muqueuse qui tapisse les

8

gencives. Mais l'impossibilité où ont
été les premiers de démontrer rigoureusement les prétendues glandes dentaires ; les seconds, de prouver que le
tartre ne s'amassait qu'autour des
dents des personnes dont les gencives
étaient malades, nous forcent encore
à avoir recours aujourd'hui à cette
explication généralement admise, que
le tartre est un dépôt de la salive,
dont les sels terreux se trouvent pré-
cipités par un agent chimique, et dé-
posés à mesure sur les dents où ils s'attachent par le moyen du mucus de
la bouche (1).

---

(1) Il me semble que M. Delabarre s'appuie
à tort de l'opinion de Gariot, en lui faisant dire
que le tartre vient des gencives ; car Gariot
dit aussi positivement, dans son *Traité des
maladies de la bouche*, p. 257 : « que le tartre
recouvre rarement les dents de devant de la
mâchoire supérieure, parce que la salive, ne
pouvant pas séjourner dans cet endroit, y dépose peu de substance tartareuse. »

Quoi qu'il en soit de l'origine du tartre, cette substance calcaire s'amasse principalement autour des dents incisives et canines inférieures et se remarque bien plus fréquemment chez les personnes déjà avancées en âge, que chez les jeunes gens; tantôt il se présente sous la forme d'un limon très-abondant, tantôt, au contraire, il constitue un corps très-dur et d'un gris noirâtre; d'autres fois, il s'amasse en croûtes épaisses jaunes. Je ne sais si mon observation m'a trompé, mais je crois avoir toujours remarqué que le premier affectait particulièrement les personnes d'un tempérament lymphatique, comme le sont la plupart des femmes; le second, celles d'une constitution nerveuse; le troisième, celles d'un tempérament bilieux.

Ce que tous les Dentistes ont observé, c'est que le tartre est toujours bien plus abondant chez les individus d'une constitution détériorée, et se

trouve en rapport direct avec la quantité de la salive : aussi les hommes qui
fument en ont-ils constamment les
dents recouvertes; on en a vu quelques
uns chez qui le tartre formait une
couche épaisse qui recouvrait plus de
la moitié de chaque dent, et les réu-
nissait toutes en une seule masse. C'est
sans doute à cette cause qu'il faut rap-
porter les nombreux exemples que
plusieurs auteurs anciens ont cités,
d'individus qui n'avaient qu'une seule
dent occupant toute la mâchoire.

S'il est difficile d'expliquer, d'une
manière certaine, la formation du tartre, on n'a du moins aucun doute sur
le mal qu'il fait aux dents autour desquelles il s'amasse, et à la partie des
gencives qui leur correspond.

Soustrayant la portion de la dent
qu'il recouvre à l'action de l'air, il en
ramollit l'émail, en favorise la dispa-
rition; et quand il se trouve ainsi en
contact avec la substance osseuse elle-

même, il l'irrite, l'enflamme et y détermine une carie dont les ravages
sont alors d'autant plus rapides que
la dénudation de l'os est plus grande.
S'insinuant entre le collet de la dent et
sa gencive, il détruit l'adhérence qui
les unit intimement, et force la dent
à devenir chancelante et à céder au
plus léger effort. Joignons à cela une
odeur fétide et un aspect hideux, et
nous aurons le tableau exact de la triste
position dans laquelle se placent toutes
les personnes qui, pour se soustraire à
quelques précautions, abandonnent
leur bouche à la merci de ce corps
destructeur.

Garantir les dents de l'action pernicieuse du tartre en prévenant sa formation, c'est le résultat des précautions dont l'exposé nous a occupé jusqu'ici; mais l'enlever quand il s'est
formé, constitue une série de soins
dont l'exécution, sans être très-diffi-
cile, doit néanmoins toujours être

abandonnée à la main exercée d'un Dentiste. Heureuse les personnes qui en viennent de bonne heure à cette sage détermination, car elles s'évitent par là bien des douleurs, et sauvent leur dents d'une perte certaine!

Cependant, confier à un Dentiste le nétoiement de sa bouche, mais surtout l'enlèvement du tartre, est une chose dont la nécessité ne semble pas suffisamment établie aux yeux de beaucoup de personnes; bien plus, il en est même qui regardent comme très-dangereux les instrumens dont nous nous servons à cet effet, et cela pour deux raisons : la première, parce que l'acier, suivant elles, altère les dents en détruisant leur émail; la seconde, parce que l'action des instrumens appliqués sur elles les ébranle, rompt les adhérences qui les unissent à la cavité osseuse dans laquelle elles se trouvent logées, et détermine leur chute.

Pour montrer combien ces deux

allégations sont dénuées de fondement
et prouver que les personnes qui leur
ajoutent quelque foi sacrifient à la
plus grossière erreur, et subissent le
joug du plus ridicule préjugé, il ne
faudrait qu'attester l'expérience, et
invoquer le témoignage de ceux qui,
tous les jours, ont recours aux Dentistes pour cet objet. Mais, pour ce qui
a rapport à la première imputation,
n'est-il donc pas évident que l'acier,
conduit par une main adroite, n'enlève
uniquement que le tartre, et n'intéresse jamais la dent sur laquelle il ne
fait que glisser quand elle est débar-
rassée de la croûte calcaire qui l'enveloppe ?

Quant à l'ébranlement que l'on re-
doute, le plus simple raisonnement
en démontre l'impossibilité. En supposant même que quelques Dentistes
maladroits exerçassent, pour nettoyer les dents, des mouvemens capables de les ébranler, si les gen-

cives et les alvéoles qui logent la
dent, ne sont pas entièrement détruites, deux jours suffiront pour
qu'elles reprennent toute leur solidité; ce qui le prouve, c'est que tous
les jours, on luxe des dents pour rompre leurs nerfs, et on en extirpe même
entièrement qu'on remet immédiatement en place : cependant les premières se consolident de suite, et reprennent toute leur consistance; les secondes acquièrent dans les alvéoles une
telle solidité, que plusieurs médecins
croient pouvoir soutenir qu'elles y
reprennent vie (1).

---

(1) Les personnes qui partagent cette opinion sont évidemment dans l'erreur. Une dent
arrachée, et remise de suite en place, n'y est
maintenue que par le resserrement de l'alvéole
et l'accroissement de la gencive. Toutes les
preuves qu'on a cherché à donner du contraire
sont sans fondement. La douleur que les personnes qui portent ces dents croient éprouver

Une autre erreur non moins préjudiciable, et que partagent pourtant un très-grand nombre de personnes, c'est de croire que dès que l'on a une fois confié à un dentiste le nétoiement de sa bouche, on ne saurait dorénavant se passer de lui, parce qu'alors les dents se couvrent beaucoup plus vite de tartre qu'auparavant; mais il n'en est point ainsi, car, si après cette petite opération, on était exact à s'acquitter des soins que leur propreté

dans elles, a son siège dans l'alvéole ou dans le bout du nerf dentaire qui a été rompu. Quant à la douleur qui résulte de la percussion de ces dents par un corps solide, elle résulte de l'ébranlement communiqué aux parties voisines. Enfin, si à leur évulsion on a trouvé quelques traces de vaisseaux sanguins dans leur intérieur, on peut affirmer que ces vaisseaux sont étrangers à la dent, et résultent d'une sorte de végétation de la membrane qui tapisse l'alvéole, et qui s'est insinuée dans le canal dentaire.

8*

réclame, on les conserverait très-long-
temps exemptes de tartre, et on se
soustrairait, par ce moyen, à l'emploi
des instrumens d'acier que redoutent
la plupart de ceux qui, par leur négligence, en rendent l'application indispensable.

Il n'est donc rien de plus contraire
à la conservation des dents et à la
propreté de la bouche, que les raisonnemens vicieux sur lesquels on
établit l'éloignement qu'on apporte en
général à se faire nétoyer les dents par
un homme de l'art : le tartre seul est
à redouter, et on craint d'ébranler les
dents en le faisant enlever.

Ce sont là les erreurs dont les charlatans savent faire leur profit. Il n'est
pas de moyens qu'ils n'emploient pour
les répandre et leur donner du poids,
pas d'artifice auquel ils n'aient recours
pour mettre quelques nouveaux im-
pôts sur la crédulité publique.

L'un prétend avoir découvert une

poudre dont les propriétés sont telles, qu'elle rend inutile tout le ministère des Dentistes; l'autre prône un élixir dont la vertu est d'emporter le tartre, et même de prévenir pour toujours sa formation, et de garantir les dents de l'atteinte pernicieuse des instrumens d'acier. Il en est même qui portent l'audace jusqu'à soutenir qu'ils ont inventé un opiat qui a la propriété de faire renaître l'émail, de régénérer les gencives, de raffermir les dents chancelantes.

Ce qu'il y a de curieux surtout, c'est qu'il n'est pas un de ces charlatans qui ne prétendent et ne soutiennent effrontément que le remède dont il est l'inventeur est une composition innocente, dans laquelle il n'entre que des substances végétales. Interrogeons toutes les personnes qui ont eu la faiblesse de se laisser entraîner par ces promesses captieuses, et toutes nous diront que le seul résultat qu'elles

aient obtenu de l'emploi de ces substances *merveilleuses,* c'est d'avoir souf-
fert pendant tout le temps qu'elles en
ont fait usage, et d'avoir aggravé le
mal contre lequel elles espéraient
trouver un remède.

Mais, sans parler d'autre chose
que du tartre, n'est-il pas ridicule
de croire qu'une simple poudre, ou
une composition végétale, sous quelque forme qu'on veuille la préparer,
et quelque nom bizarre qu'on lui
donne, pourra le détruire, quand on
voit que cette incrustation piérreuse
ne cède qu'avec force à l'action des
instumens d'acier, et résiste même au
mordant des acides concentrés?

Quant à la propriété qu'on pourrait attribuer à quelques unes de ces
compositions, de prévenir la formation du tartre, elle est aussi chimérique que la première. Pour obtenir
un semblable résultat, il ne faudrait

employer que des substances simples,,
mais, avant tout, se soumettre sans
restriction aux soins de propreté que
j'ai prescrits ailleurs.

Il me semble que de semblables ex-
plications sur le mode d'action des
instrumens d'acier, sont tout-à-fait
propres à vaincre l'éloignement qu'on
montre quelquefois pour confier le
nettoiement de sa bouche à un dentiste, et doivent prémunir les personnes même les plus crédules contre
l'abus que font journellement de leur
confiance cette foule de charlatans et
d'empiriques, dont Paris fourmille si
abondamment.Quelque vertu qu'aient
une poudre et un élixir quelconque,
pour la propreté de la bouche, sans
l'enlèvement préalable de la couche
de tartre qui recouvre les dents de
quelques personnes, ils n'auront aucun résultat avantageux, et nuiront
au contraire d'autant plus, que leur
emploi inspirera plus de sécurité et

que le nom de leur auteur sera plus
digne de confiance.

Cependant, quoique l'opération
qui a pour objet d'enlever le tartre
des dents ne présente rien de très-dif-
ficile, elle demande néanmoins beaucoup d'habitude pour être faite avec
la promptitude et la légèreté convenables; aussi n'est-il pas indifférent
d'en confier indistinctement l'exécution à tout homme qui se dit dentiste;
car, sans exposer à de grands dangers,
elle peut devenir pénible et fatigante,
si on oublie de la faire dans les conditions requises, et si on néglige de
prendre à son égard toutes les précautions convenables.

Quelques personnes qui ont les
dents et les gencives très-sensibles
éprouvent, pendant les deux ou même
les trois jours qui suivent cette petite
opération, une douleur dans les dents.
Cet accident est loin de déposer contre l'opération en elle-même, seule-

ment il indique la nécessité de quelques précautions. Ces précautions consistent pour ces personnes, de même que pour toutes celles qui ne feraient nettoyer leur bouche que long-temps après la formation du tartre, à soustraire autant que possible pendant deux ou trois jours leurs dents à l'action de l'air, à éviter les alimens durs, les boissons froides et surtout toutes les substances acides.

Peut-être même, quand il n'y a pas urgence, serait-il nécessaire de choisir, pour faire nettoyer ses dents, un moment où l'air semblât devoir conserver pendant quelque temps une température uniforme. Aussi l'été est-il la saison la plus favorable ; et, pour la même raison, le milieu du jour convient mieux que le matin ou le soir.

Quand les dents sont abondamment chargées de tartre, il est très-prudent de ne pas exiger que le dentiste les nettoie complétement dans une seule

séance, et cela principalement pendant les froides saisons. Il est toujours
plus convenable d'y revenir à plusieurs
reprises, en laissant quelques jours
d'intervalle. En effet, si on enlève
d'une seule fois la grande couche de
tartre qui recouvrait les dents, ces
parties, privées tout d'un coup de
cette espèce d'enveloppe à laquelle
elles s'étaient, pour ainsi dire, accou-
tumées, acquièrent une grande sensibilité, et il peut survenir une fluxion,
ou des maux de dents, surtout dans
les saisons froides et pendant les temps
humides.

Il est même des personnes pour lesquelles l'enlèvement du tartre, fait
avec toute la dextérité possible, est
une opération douloureuse qui peut
quelquefois occasioner des accidens
graves. Ces personnes doivent se contenter de ne faire enlever que la partie
de tartre qui touche aux gencives,
mais sans exiger qu'on gratte la surface

des dents pour chercher à leur procurer une blancheur qui ne s'obtient
souvent qu'au préjudice de leur solidité. Au reste ce sont là des précautions
qui regardent tout-à-fait l'opérateur,
et dont l'oubli peut compromettre son
honneur et sa réputation.

Les personnes que leur fortune met
à même de ne rien négliger de ce qui
peut prévenir quelques désagrément,
feraient bien d'appeler chez elles-
mêmes le Dentiste; elles éviteraient
par là la sensation parfois pénible
que la première impression de l'air
peut exercer sur la bouche. Cette
précaution s'adresse particulièrement
aux personnes qui font un usage public de la parole et auxquelles il est
peut-être encore prudent de conseiller
de faire nettoyer leurs dents quelques
jours avant l'époque où elles devront
parler en public. L'émail, tout à coup
débarrassé des substances étrangères
qui le recouvraient, conserve assez

souvent pendant un ou deux jours un
état de rugosité qui nuit à l'éclat de
la parole en diminuant la netteté de
la réflexion que les dents font éprouver aux vibrations aériennes qui constituent la voix.

Enfin, quelques soins qu'on apporte à nettoyer les dents, il arrive
quelquefois qu'elles conservent une
teinte jaunâtre qui leur est souvent
naturelle. On conçoit combien il serait imprudent d'exiger du Dentiste
qu'il les grattât trop fortement, dans
l'intention de leur donner plus d'é-
clat et de blancheur, parce que non
seulement dans bien des cas on ne
réussirait pas à procurer de tels avantages, mais on ne chercherait toujours
à les obtenir qu'aux dépens de l'émail
qu'il est toujours très-important de
conserver. L'émail offre plusieurs
nuances dans sa couleur, et on a généralement observé que les dents les
plus blanches, et surtout celles qui

sont d'un blanc pâteux, ne sont pas
les meilleures, elles sont toujours plus
sujettes à se rompre ou à se carier que
les autres. C'est du moins l'avis de
tous les Dentistes qui ont écrit sur
leur art en médecins observateurs.

§ IV.

De la nécessité de consulter le Dentiste
aussitôt que les dents offrent quel-
que altération, et du danger des
extractions de dents faites inconsi-
dérément.

Tous les soins qu'on peut prendre,
soit de favoriser l'éruption des dents,
soit de régulariser leur arrangement,
et toute l'importance qu'ont peut attacher aux précautions journalières que
leur propreté réclame, ne sont pas
toujours des garans certains de leur
conservation dans l'état de santé parfaite. Une foule d'accidens peuvent

contrebalancer les bons effets de ces soins, et même en annuler entièrement les résultats; car, bien que les dents soient entièrement compactes, néanmoins elles sont plus susceptibles de maladies que toutes les autres parties à l'ordre desquelles elles appartiennent, c'est-à-dire, que les autres os.

La principale des raisons qui rendent les dents plus accessibles aux maladies que les autres os, c'est qu'elles sont les seules qui ne soient pas recouvertes par les chairs; d'où il résulte nécessairement qu'elles reçoivent une foule d'impressions diverses, qui peuvent leur devenir d'autant plus nuisibles, que la partie de l'émail qui s'est formée pendant le cours d'une maladie quelconque ne doit certainement pas avoir tout le degré de solidité désirable.

Ensuite, par cela même que les dents sont des corps très-durs, et qu'elles ne jouissent que d'une faible vitalité, le plus léger trouble dans la

manière dont elles se nourrissent ou
dont elles vivent détermine dans leur
tissu des altérations profondes, et
d'autant plus durables que ce dernier
jouit d'une plus grande délicatesse.
Aussi conservent-elles très-long-temps,
et le plus ordinairement même pendant toute la vie, les traces des grandes altérations qu'elles ont éprouvées.

La couleur des dents est en général
un indice qui peut servir à mesurer
l'espoir qu'on doit avoir de les conserver long-temps. Quelque différence
que l'âge, le sexe, le tempérament et
un grand nombre de circonstances
particulières puissent apporter à cette
couleur, on peut néanmoins regarder
comme une chose attestée par l'expérience, comme un fait que l'observation journalière confirme, que les
meilleures sont celles qui sont d'un
blanc opaque ou laiteux, non pas pâteux, mais éclatant et tirant néanmoins
un peu sur le jaune. On les remarque

chez tous les individus dont toutes les fonctions se remplissent avec facilité, dont le sang contient dans d'égales proportions ou de justes rapports les parties qui entrent dans sa composition ; dont, en un mot, la constitution est bonne ; viennent ensuite celles qui sont d'un blanc jaune , qu'on trouve ordinairement chez les personnes qui ont habituellement le sang très-rouge, ce qu'on reconnaît à la couleur foncée des lèvres et à la rougeur des gencives. Ces dents sont quelquefois très-dures et très-bonnes , mais elles sont susceptibles de se couvrir d'un tartre épais et sec, qui conspire évidemment contre elles.

Enfin, le blanc bleu ou azuré semble être la couleur la plus défavorable ; les dents qui en sont pourvues sont très-impressionnables, tandis que celles qui sont d'un blanc opaque ou laiteux, et qui, en prenant de l'âge, passent au blanc jaune, le sont très-peu.

Ces dernières, quand aucune lésion extérieure n'est venue altérer leur tissu, existent encore long-temps, même après la destruction, par vieillesse, des personnes qui les portent; ce sont celles qu'ont eues la plupart des individus qui ont offert des exemples d'une extrême longévité.

Après la couleur des dents, leur forme et surtout leur volume peuvent aider à prévoir jusqu'à quel point elles sont susceptibles de s'altérer. Plus elles sont volumineuses, plus la portion de substance osseuse l'emporte sur la quantité d'émail qui la recouvre, et plus cette dernière est mince, plus aussi la dent a de facilité à s'altérer. Ce qui ne laisse aucun doute à cet égard, c'est que les altérations des dents sont beaucoup plus fréquentes dans les petits enfoncemens qui se remarquent à la surface des molaires, qu'au bord tranchant des incisives, et sur les cô-

tés, par lesquels elles se touchent, que
sur leur surface.

Les personnes dont les dents, quoique bonnes et d'un bel éclat, présentent différentes nuances entremêlées
d'un blanc plus mat, ont eu, pendant
la formation de l'émail, des alternatives
de bonne et de mauvaise santé. Ces
dents trompent ordinairement par
leur fausse apparence de solidité ; elles
se conservent saine jusqu'à quinze ou
dix-huit ans; mais à cette époque,
elles s'altèrent et se perdent successivement, si la constitution muqueuse,
c'est-à-dire molle ou lymphatique de
l'individu, ne cède pas à la secousse
que la puberté imprime ordinairement
à toute l'économie.

Ainsi donc, pour porter un jugement sur la durée des dents d'une personne dont la bouche est saine, il est
prudent d'avoir égard aux maladies
qu'elle peut avoir éprouvées pendant

le temps où la nature chez elle était occupée du développement des dents. Rarement les individus qui, pendant leur enfance, ont été affectés d'affections scrophuleuses ou rachitiques, ont-ils le bonheur de toucher à l'âge mûr sans que leur bouche ait déjà supporté de nombreuses pertes.

Quoi qu'il en soit des conditions sous l'influence desquelles les dents ont acquis une disposition à se détériorer, elles s'altèrent de deux manières différentes; ou bien elles reçoivent l'effort d'une cause destructive qui agit directement sur elles, telle que les coups, les chutes, et en général tout ce que nous avons désigné comme leur étant nuisible; ou bien elles prennent part à un état vicieux de la constitution générale, mais surtout aux altérations des organes avec lesquels elles ont, soit une analogie de texture, comme tout le système osseux, soit des rapports de fonctions comme

9

les différentes parties qui concourent à l'acte de la digestion.

La terminaison la plus ordinaire des maladies des dents est une érosion de leur substance, qu'on nomme carie. La dent, après avoir occasioné des douleurs plus ou moins fortes, souvent même sans douleur, offre d'abord sur un point quelconque de sa substance une tache brune qui répond à une perte de l'émail; bientôt la place occupée par une tache offre cette légère excavation noirâtre qui cherche ainsi à s'étendre de proche en proche, et à envahir la totalité de la dent, qui peut être profondément cariée sans déterminer de bien fortes douleurs, mais s'altère rarement sans que dès le commencement elle soit très-sensible à l'impression de la chaleur et à celle du froid. D'autres fois au contraire la dent s'altère à l'intérieur, et la carie ne se montre au dehors qu'après avoir insensiblement détruit la substance osseuse, et occasioné la rupture de la portion d'émail qui recouvre le point altéré.

Une chose bien digne de remarque, et sur laquelle une foulé de dentistes ont longuement disserté, c'est que la carie affecte très-souvent les dents qui se correspondent à la même mâchoire. Parmi les dentistes qui ont cherché à expliquer cette coïncidence d'altération, aucun ne me semble l'avoir expliquée physiologiquement ; car le plus simple raisonnement suffit pour démontrer que les vaisseaux sanguins ou lymphatiques y sont tout aussi étrangers que les filets nerveux. En effet, s'il en était ainsi, une partie quelconque du corps serait rarement malade sans que celle du côté opposé le fût également, puisqu'il existe entre elles les mêmes rapports qu'entre les dents correspondantes. Ce que les dentistes ont vainement cherché dans une théorie abstraite, ils l'auraient trouvé dans une observation attentive de la marche de la nature.

Voici donc, à ne pas en douter, comment la chose a lieu : les deux dents correspondantes de la même mâchoire se suivent toujours dans leur éruption et chacun des différens temps de leur développement : or, si dans une de ces époques le sujet éprouve une maladie quelconque qui soit partagée par le système osseux en général, ou par les dents en particulier, ces deux dents conserveront toutes les deux, au même degré, la susceptibilité qui les rendra accessibles à l'action des différentes causes qui pourront par la suite agir défavorablement sur elles. La conséquence qu'on doit tirer de ce fait, relativement à la santé, c'est qu'aussitôt qu'on aperçoit qu'une dent se carie, on doit surveiller attentivement celle du côté opposé.

La distinction à établir entre la carie ou toute autre maladie des dents,

dépendant d'une cause générale ou
intérieure, et celle qui résulte d'une
cause particulière ou extérieure, est
donc de la plus haute importance.
Consulté aussitôt que quelque douleur
ou que la plus légère trace d'altération
se manifeste, le dentiste pourra porter à cet égard un jugement certain.
Si l'altération n'est que le résultat d'une
cause fortuite, il la bornera par quelques moyens aussi simples que peu
douloureux. Si, au contraire, elle tient
à une cause générale, il indiquera le
régime propre à s'opposer à ses suites
ultérieures ; et si le mal résiste, il saura
du moins le borner à la dent malade,
en préservant les voisines de l'envahissement de l'agent destructeur.

Que de ressources n'a-t-il pas en
effet, pour arriver à de semblables résultats, en supposant même qu'on
eût dédaigné ses conseils, dans les
circonstances si nombreuses où de
vagues douleurs annonçaient qu'une

inflammation de quelque partie voisine tendait à s'emparer de la dent! Tantôt il enlèvera avec la rugine, le burin ou la lime, un point noirâtre qui forme le centre d'une carie dont la dent la plus saine peut tout à coup se trouver atteinte ; tantôt, armé d'un stylet échauffé à un degré convenable, il ira détruire le filet nerveux dont l'irritation détermine ces douleurs atroces auxquelles aucune autre ne sauraient être comparée.

D'autres fois enfin, introduisant dans l'excavation d'une dent cariée quelques parcelles de métal, il soustraira la pulpe dentaire ou le ganglion nerveux à l'action de l'air et des alimens; et, bornant ainsi les progrès du mal, il fera cesser toute douleur et rendra la dent à ses usages ordinaires.

A ce sujet il est important que je dise ici que la manière de plomber les dents est entièrement différente aujourd'hui de ce qu'elle était il y a quel-

ques années; alors on employait à cet
effet du plomb et de l'or en feuille,
qu'on introduisait dans l'ouverture de
la dent, au moyen d'un stylet. Aujour-
d'hui, dans la plupart des cas, on se
sert d'un métal dur, mais que l'appro-
che d'un fer échauffé à une faible
température met promptement en
fusion, et qui se répand de suite sans
occasioner la moindre douleur dans
tous les détours de la cavité. Cette
nouvelle méthode a sur la première
l'immense avantage, 1° de boucher
plus exactement l'ouverture de la
dent cariée; 2° de présenter à l'extérieur une surface dure et polie; 3° de
ne donner aucune odeur à la bouche;
4° enfin de s'exécuter avec une extrême promptitude, et de ne pas occasioner la moindre douleur, la fusion
du métal se faisant à une température
telle, que si quelque parcelle dans ce
moment s'échappe de la cavité de la
dent, les parties voisines ne courent

pas le moindre danger d'être brûlées, puisque la personne qui subit cette opération ne s'en apercevrait aucunement.

Par ces moyens et une foule d'autres, on évitera la douleur des opérations qu'exige l'extraction des dents, et, ce qui est plus important encore; on évitera la perte de celles qui avoisinent la dent malade. Arrêtons-nous à cette idée, et en examinant un instant, soit les rapports mutuels qui existent entre les dents et la structure des cavités osseuses qui les reçoivent, soit le soutien réciproque que les dents se fournissent entre elles, nous resterons bientôt persuadés que la grande solidité des dents dépend essentiellement de la conservation de leur ensemble.

En effet en enlevant une dent, on est très-souvent exposé à briser plus ou moins la cloison osseuse qui forme la cavité destinée à la recevoir; et cet accident, la disposition particulière de la racine de certaine dent le rend quelquefois tout-à-fait indépendant de l'adresse de l'opérateur. Etablissant nécessairement par ce moyen un point de faiblesse dans l'arcade maxillaire, il arrive, par l'effet du choc des mâchoires dans l'acte de la mastication, que toutes les dents, se pressant plus ou moins vers ce point de faiblesse, sont exposées à perdre cette solidité précieuse dont elles jouissent dans leur état naturel.

Un tel inconvénient est bien propre à faire regarder l'enlèvement d'une dent comme un moyen dont les suites peuvent devenir assez graves, pour que l'homme sensé ne doive se décider à s'y soumettre que quand il a vainement essayé plusieurs moyens, et que quand il est sûr de n'acheter sa conservation qu'au prix d'interminables souffrances ou d'une gêne dans le travail de la mastication.

9*

Sans doute on rencontre journellement des personnes qui ont des dents
assez solides, quoiqu'il leur en manque
une ou même plusieurs; mais cela ne
détruit en rien le principe en vertu
duquel on peut prouver que les dents
sont destinées à se soutenir mutuellement, et il est bien certain que si on
multiplie ces extractions sur la même
bouche, elle perdra bientôt toutes
celles qui lui restent.

Quand on voit avec quelle facilité
une foule de personnes, pour quelques
douleurs passagères, se font extraire
une dent, et avec quelle froide insouciance certains dentistes acceptent la
proposition, on cesse d'être surpris de
voir un si petit nombre d'individus
parvenir à un âge un peu avancé sans
que leur bouche soit dépourvue de
plus de la moitié de ses dents.

Quel sentiment pénible n'éprouve-
t-on pas en voyant que, dans un siècle où chacun se flatte des pas immen-

ses que nous avons faits vers le bien,
l'autorité permet encore à une foule
d'hommes aussi maladroits qu'ignorans, sans titre et sans aveu, de venir
insulter sur les places publiques à la
douleur du peuple, et de se faire un
jeu des ravages que l'aveuglement et
la crédulité leur permettent d'exercer
sur des bouches, dont quelques opérations simples et peu douloureuses
eussent conservé les précieux ornemens!

Examinez les trophées sanglans
dont ces charlatans ont l'impudeur de
se décorer, et vous reconnaîtrez que
parmi les milliers de dents qu'ils se
flattent d'avoir arrachées, ils tirent
bien plus vanité de celles dont l'extraction a été difficile, que de celles
dont la conservation eût été impossible sans cette douloureuse opération.

S'il est pénible de voir avec quelle
légèreté certains dentistes arrachent
des dents, sans examiner s'il est pos-

sible de les conserver, combien n'est-
il pas douloureux aussi de voir des
personnes porter la négligence jusqu'à
ignorer si elles ont quelques dents
gâtées, parce qu'elles n'ont jamais
daigné regarder jusqu'au fond de leur
bouche! Quand les douleurs surviennent, on fait alors, pour les faire cesser, ce que le zèle officieux de quelques
amis peut proposer. Si la douleur se
passe d'elle-même pendant l'usage de
quelques uns de ces remèdes que
possèdent tant de personnes, comme
des recettes merveilleuses, on crie au
miracle, et on s'applaudit d'avoir évité
de consulter un homme de l'art.

Si la douleur au contraire continue,
malgré ces remèdes violens et plus
souvent dangereux qu'utiles, on aime
mieux supposer qu'on a mal employé
le remède, que de douter un seul instant de son efficacité, et on se décide
à se rendre chez un Dentiste auquel on
dit tout simplement : Je souffre beau-

coup des dents, et je pense que je pourrais bien en avoir une de gâtée. Le Dentiste regarde, et voit avec douleur très-souvent plusieurs dents entièrement détruites par la carie, et pour lesquelles il n'existe plus d'autre remède que l'extraction.

Ainsi donc la naissance et la formation des dents sont l'ouvrage de la seule nature; mais leur conservation dépend toujours des secours de l'art. Or, quels sont ces secours? les soins quotidiens; de quel genre et de quelle nature sont ces soins? ces soins sont ordinairement très-simples, comme nous l'avons déjà montré; ils nous sont tous fournis par l'hygiène, et découlent des préceptes dont nous venons de nous occuper dans les chapitres précédens. C'est surtout aux personnes soigneuses d'elles que j'ai adressé ces conseils; ils me sont dictés par mon expérience et par mon désir de conserver les dents.

La bouche est généralement le miroir de la santé, de la propreté ou de la négligence. Un Dentiste, bon observateur, juge, à son inspection, si la personne jouit d'une bonne santé, et si elle a eu ou non une enfance maladive.

J'adresse quelquefois des reproches à quelques unes des personnes qui m'honorent de leur confiance sur le peu de soin qu'elles prennent habituellement de leur bouche : les unes me disent qu'elles ne la soignent jamais, dans la crainte d'altérer leurs dents; d'autres me répondent qu'elles se servent simplement d'eau pour les rincer, parce que, disent-elles, il faut respecter l'émail susceptible d'être altéré par les dentifrices ordinaires ou par les instrumens du Dentiste. Erreur funeste, à laquelle j'ai déjà répondu, et qui nous donne beaucoup plus d'occupation que l'excès contraire. Ainsi donc, pour me résumer et mettre sous les yeux du lecteur, sous forme d'extrait, tout ce que je viens de dire, je ferai observer qu'en général les dents de première dentition n'ont besoin d'aucuns soins de propreté, à moins cependant qu'elles ne soient affectées de carie; cas dans lequel on doit recommander de les frotter souvent pour prévenir les progrès de cette affection.

A l'âge de dix à douze ans, on doit faire prendre aux enfans l'habitude de se frotter les dents, deux à trois fois par semaine, avec une brosse très-douce, imbibée d'eau pure.

Par ce moyen, on maintiendra les dents et la bouche dans un état de propreté et de fraîcheur agréable, qui préviendront la carie et les douleurs vives qui en sont le résultat.

Mais, vers l'âge de dix-huit à vingt ans, les élixirs et poudres dentifrices, préparés convenablement, deviennent indispensables pour l'entretien de la bouche et la conservation des dents, parce qu'à cet âge l'eau simple n'est pas assez absorbante, et ne suffit plus pour empêcher les organes de se charger d'un enduit particulier qui s'accumule plus ou moins promptement sur eux, selon les divers tempéramens. De plus, les liqueurs dentifrices agiront comme *toniques* sur les gencives, surtout quand celles-ci seront attaquées de gonflement atonique ou d'un commencement d'affection scorbutique locale peu développée. Elles leur rendront cette couleur rosée qui fait si bien ressortir la blancheur des dents.

Les dentifrices en poudre, ou dentifrices terreux, agiront *mécaniquement en frottant*, et serviront à enlever, chaque matin, ce limon visqueux et jaunâtre qui se forme principalement pendant la nuit sur les dents, et qui, abandonné à lui-même, devient concret, et forme, avec le temps, ce

dépôt de matière calcaire qu'on appelle *tartre* : corps stimulant qui enflamme les gencives, déchausse les
dents, et devient, par sa présence,
une des causes les plus communes de
la carie et de la perte de ces organes.

Il résulte de ce que je viens de dire
que ces deux dentifrices agissent dif-
féremment selon leur propriété : l'é-
lixir, par sa qualité *tonique*, agit sur
les gencives; et la poudre, sur les
dents, d'une manière *mécanique*. De
telle sorte qu'il est nécessaire, pour
entretenir la bouche dans un état
parfait de santé et de propreté, de
faire usage, chaque jour, de l'un
comme de l'autre de ces dentifrices.

Par ces soins journaliers et par nos
dentifrices, on s'assurera une denture
exempte de carie, en éloignant les
causes d'engorgement, de suppuration
des gencives et du périoste alvéolaire,
en même temps qu'on entretiendra le
poli et la blancheur des dents, et

qu'on fera disparaître la mauvaise odeur de la bouche.

Qu'on ne croye pas, comme l'annoncent une foule de charlatans, que ces eaux et poudres dentifrices guérissent les violens maux de dents; elles ne font qu'éloigner les causes qui peuvent déterminer leur état morbide; cette propriété est déjà d'un avantage assez grand, sans chercher encore à leur donner une vertu qu'elles n'ont pas.

Dans tous les autres âges de la vie, le soin qu'on doit prendre de ses dents consiste seulement à les nettoyer chaque jour; mais on ne doit le faire qu'avec une poudre et un élixir dentifrices convenablement préparés, et qui ne contiennent dans leur préparation aucune substance chimique susceptible d'altérer les organes au lieu de les conserver; car un soin mal ordonné est souvent plus dangereux qu'une entière négligence : et il est

même des circonstances où il ne faut
faire usage ni de l'un ni de l'autre de
ces dentifrices.

J'entends souvent des personnes
me dire qu'elles ne veulent ni se faire
nettoyer la bouche ni se servir de
poudre dentifrice, dans la crainte que
les mains du Dentiste, armées d'instrumens nécessaires pour enlever le
tartre ou la poudre dentifrice, n'en-
lèvent l'émail des dents. Mais, si
quelques Dentistes maladroits ou
ignorans, munis d'instrumens dangereux, font éprouver quelquefois
aux dents, en les nettoyant, ces accidens assez communs, doit-on, parce
que l'ignorance ou un mauvais choix
dans le dentiste en sont cause, s'abandonner à la marche de la nature, qui
n'est ici rien moins que conserva-
trice?

Ces mêmes personnes assurent qu'il
est impossible de nettoyer les dents
avec les instrumens ou avec la poudre,

sans les ébranler, enlever l'émail et par conséquent hâter leur chute.

J'en appelle ici aux personnes sans prévention, auxquelles j'ai nettoyé les dents, et qui font un usage journalier de ma *poudre dentifrice* et de mon *élixir tonique et désinfectant.* Une seule peut-elle se plaindre d'avoir eu les dents ébranlées, désémaillées ou même agacées ! Tout au contraire, je puis dire que, depuis la publication de la première édition de cet ouvrage, j'ai introduit dans beaucoup de familles distinguées et de pensionnats le goût de la parure, c'est-à-dire de la propreté de la bouche.

Une honte déplacée fait dire à beaucoup de personnes : ma bouche est en trop mauvais état pour oser la montrer à un Dentiste. Mais à quoi donc servirait l'art, s'il ne devait voir la nature que parée de ses ornemens ! Dans l'état le plus désespéré, le malade compte encore sur la science de son médecin : ne peut-on également compter sur la dextérité et l'habileté de son Dentiste?

Ainsi donc, une propreté bien ordonnée, l'inspection la plus rigoureuse de ses dents, l'emploi judicieux de poudre et d'élixir bien préparés et de la brosse, préserveront de la carie et de toutes les autres affections dont ces petits os sont si souvent atteints. Cela est tellement vrai que toutes les personnes qui soignent ainsi religieusement leurs dents n'ont ordinairement recours à notre ministère que pour les soins de parure, et que nous ne sommes que très-rarement appelés à pratiquer sur elles quelques unes de nos opérations douloureuses.

Je le répète, l'inspection de la bouche, une fois par semaine, est indispensable. J'entends par faire l'inspection rigoureuse de sa bouche se placer devant une glace, et, à l'aide d'un petit miroir à bouche, regarder toutes ses dents les unes après les autres, passer le cure-dent dans leur interstice et les frapper doucement avec un corps dur pour juger si l'on n'éprouve pas quelque impression désagréable qui proviendrait d'une carie naissante.

J'éprouve vraiment un sentiment pénible, quand je vois dans le monde des personnes porter la négligence jusqu'à ignorer si elles ont des dents gâtées, parce qu'elles n'ont jamais examiné attentivement leur bouche. Quand, par suite de cette négligence les douleurs surviennent, on fait pour les pallier tout ce que les conseils de gens officieux et des charlatans peuvent proposer. Si la crise se passe d'elle-même pendant l'usage du remède, on crie au merveilleux; si, ce qui arrive plus souvent, la douleur continue et même augmente malgré son emploi, alors on a recours à un Dentiste; on lui dit : Je crois avoir une dent gâtée.

Il examine avec attention, et voit souvent avec peine plusieurs dents attaquées de carie, et pour lesquelles il n'existe plus d'autre remède que l'extraction. Autant il me répugne d'enlever une dent qu'on peut conserver et rendre encore utile, autant j'engage à l'opération, afin d'éviter les effets du contact d'une dent gâtée sur une autre.

§ V.

De la nécessité de remplacer les dents extraites par des dents artificielles, et des précautions auxquelles ces dernières assujettissent.

Un dentiste expérimenté et adroit peut trouver une foule de ressources pour conserver long-temps des dents déjà attaquées par la carie, et les rendre encore propres à remplir leur principale fonction, qui est la trituration des alimens. Cette vérité est incontes-

table, et je crois l'avoir suffisamment
démontrée dans le dernier paragraphe,
en même temps que j'ai prouvé combien était blâmable la précipitation
avec laquelle certains dentistes sacrifient des dents pour le plus léger motif; mais il faut avouer que notre art
a des bornes aussi à cet égard, et que,
dans un grand nombre de circonstances, l'extraction d'une dent est le seul
moyen de calmer les douleurs quelquefois si affreuses qu'elle peut occasioner.

La douleur, fût-elle même nulle, la
carie est souvent par elle-même un
motif suffisant qui exige le sacrifice
d'une dent. La carie, en effet, augmente continuellement la sécrétion
des fluides qui humectent la bouche;
cette salive, mêlée à la matière putres-
cible qui s'échappe des cavités des
dents cariées, acquiert des propriétés
irritantes qui ne peuvent manquer
d'exercer sur l'estomac une action

éminemment pernicieuse : l'altération
de ce liquide et le défaut d'une mastication convenable donnent lieu à de
mauvaises digestions, et prédisposent
nécessairement à toutes les maladies
qui se rattachent au trouble des fonctions si importantes de cet organe ré-
générateur.

Ajoutons à cela l'inconvénient si
grand qui résulte de l'odeur repous-
sante que donne toujours une dent
cariée, quelque soin qu'on ait de sa
bouche, et nous verrons qu'il est plus
d'une circonstance où il devient indispensable de sacrifier une dent, quoiqu'elle n'occasione aucune douleur.

L'homme d'ailleurs se voit insensiblement dépérir, et les dents sont
presque toujours les premières parties
de lui-même dont il a à déplorer la
perte : la nature, si prévoyante pour
la conservation des êtres qu'elle a formés, ne semble-t-elle pas, dans cette
circonstance, en contradiction avec

10

elle-même, en nous privant d'organes
dont la nécessité croît en raison directe de l'affaiblissement des voies
digestives? Mais telle est la marche
qu'elle suit pour accomplir ses éter-
nels décrets, que, si elle a voulu que
l'apparition des dents fût le prélude
de l'accroissement de l'homme, elle a
voulu aussi que leur chute fût le si-
gnal de sa fin prochaine.

Quelle que soit la cause qui a déter-
miné la chute d'une dent, sa perte est
toujours accompagnée de grands inconvéniens; la digestion souffre, la
prononciation est inexacte, et la physionomie perd de sa grâce et de sa
régularité. Mais si notre art est forcé
dans une foule de circonstances d'exercer sur les bouches quelques mutilations, il peut du moins s'enorgueillir
d'effacer jusqu'à l'ombre même des
inconvéniens qu'elles entraînent après
elles; car il est juste de reconnaître
qu'il est le seul qui possède l'avantage

si précieux de remplacer une partie de nous-mêmes par une autre partie parfaitement semblable à celle que les maladies ou un long usage ont altérée ou détruite. Ne pouvons-nous même pas dire, à cet égard, que nous avons en quelque sorte égalé la nature, puis-que très-souvent nos dents se carient et déterminent les plus vives souffrances, tandis que les dents artificielles, exemptes de maladies et de douleurs, sont ordinairement plus belles, et remplissent les mêmes fonctions?

Cette partie si importante de notre art a dû fixer de bonne heure l'attention des hommes; car, quel que soit le peuple dont nous consultons l'histoire ancienne ou moderne, nous sommes presque sûrs d'y rencontrer des preuves évidentes des tentatives qu'il a faites pour réparer les premiers outrages que le temps fait à notre corps. Les auteurs qui ont décrit les

mœurs de la Grèce antique(1) ne nous
apprennent-ils pas que, dans le siècle brillant d'Anaxagore et de Périclès,
les jeunes filles remplaçaient les dents
qu'elles avaient perdues? et aux traits
acérés qu'Horace, Perse, Juvénal et
plusieurs autres poètes satiriques la-
tins ont lancés contre les dames romai-
nes qui employaient du fard et des
dents artificielles, nous pouvons juger du fréquent usage qu'elles devraient en faire.

Il est bien probable que, long-temps
même avant cette époque reculée, ces
objets destinés à remplir un double
but d'agrément et d'utilité étaient con-
nus dans d'autres empires, et aujour-
d'hui il n'est pas une nation, si peu
avancée dans les beaux-arts qu'elle
puisse être, qui ne possède des hommes
fabriquant des dents artificielles pro-

---

(1) Voyage du jeune Anacharsis en Grèce.

pres à remplacer exactement les naturelles.

Lorsque les dents artificielles sont
parfaitement bien exécutées et assujetties d'une manière convenable, et
qu'on a vaincu cette première gêne
qu'occasione quelquefois leur présence, non-seulement elles imitent
les dents naturelles au point de trom-
per l'œil le plus pénétrant et le plus
exercé, mais elles rendent absolument
les mêmes services que ces dernières.
Comme elles, elles servent à broyer
les alimens, à retenir la salive, et à
procurer à la voix une articulation
distincte et facile.

Toutes les personnes qui ont eu le
malheur de perdre, de bonne heure,
leurs dents, et surtout celles de devant, sentent l'avantage de la ressource
précieuse que notre art présente à cet
égard. Avoir recours à nous dans de
telles circonstances, est même d'une
nécessité indispensable pour tous les

hommes que leur état oblige de paraître et de parler en public, et surtout
pour les femmes, qui ont constamment raison de se montrer jalouses de
conserver le plus long-temps possible les attributs de la beauté, et chez
qui l'absence de quelques unes des
dents de devant occasione une difformité aussi incommode qu'apparente.

Cette précaution pour les femmes
est loin d'être un objet de pure coquetterie; car, indépendamment des avantages physiques qu'elles doivent infailliblement en retirer, il n'est pas
une position de la vie, dans laquelle
elles n'auront occasion de s'applaudir
de s'être soumises à ces moyens si
simples de conserver à la voix cet ac-
cent harmonieux qui est un charme
durable, et de détruire l'impression
pénible que laissent l'aspect de la
vieillesse et de précoces infirmités.

Ah! Mesdames, si je n'étais arrêté
par la crainte d'être soupçonné de

plaider autant les intérêts de mon art
que la cause de la vérité, qu'il me serait facile de prouver qu'il n'est pas
un homme qui n'aime à retrouver,
dans une épouse tendrement chérie,
quelque chose qui, au défaut de la
réalité, lui rappelle les trésors d'une
bouche qu'il a tant aimée. Si on savait
par quels ressorts secrets les affections
des hommes se déterminent, on ne
douterait pas que la simple apparence
de quelques charmes pût exercer une
profonde influence sur leurs idées,
en dépit d'eux-mêmes et de la raison.
En vain le plus sensé voudrait se soustraire à la puissance de quelques attraits, fussent-ils même factices ; l'idée
seule de la beauté le subjugue, tandis
qu'une idée contraire l'entraîne et
l'éloigne malgré lui.

On se sert de plusieurs substances
pour la fabrication des dents artificielles ; tantôt on emploie des dents
humaines, d'autres fois les dents ou

défenses de plusieurs grands animaux tant terrestres qu'amphibies, telles que les dents d'hippopotame ou cheval marin, celles de l'éléphant qui forment l'ivoire, celles de marse ou vache marine, et de phoque ou veau marin. On s'est encore servi quelquefois des dents de bœuf; enfin, on a composé une pâte minérale dont l'emploi a résisté aux attaques qu'on a mal à propos dirigées contre elle. Aujourd'hui on accorde généralement la préférence aux dents humaines, à celle de cheval marin et à la pâte minérale.

Les personnes qui sont dans la nécessité d'avoir recours à des dents artificielles, doivent entièrement abandonner au Dentiste qu'elles auront honoré de leur confiance le soin de déterminer lui-même la substance avec laquelle ces dents doivent de préférence être fabriquées. Car telle qui convient dans un cas, pourrait ne pas convenir dans un autre.

En général, quand il est nécessaire
de construire un dentier complet ou
une portion de dentier, on se sert de
la dent d'hippopotame, qui est plus
blanche, plus compacte, jaunit moins
vite, et résiste beaucoup plus long-
temps à l'action de la salive, que celles
des autres animaux; mais comme sa
couleur, de même que celle de l'ivoire,
est souvent nuancée de stries ou ta-
ches d'un blanc plus opaque que celui des parties qui les environnent, on
lui préfère, dans un très-grand nombre de circonstances, la pâte minérale.

Cette dernière substance, non-seulement est très-dure, et n'a pas l'inconvénient de se corrompre, puisqu'elle n'est autre chose qu'une espèce
de porcelaine; mais on peut, avant la
cuisson, la modeler exactement sur la
forme des gencives sur lesquelles elle
doit être fixée, et donner aux pièces
qu'elle compose, tant pour les dents
que pour les gencives, la couleur qui

doit les rendre en tout semblables aux parties naturelles à côté desquelles elles doivent être ajustées.

Dans le cas, au contraire, où il ne s'agit que de remplacer une dent de devant, incisive ou canine, les dents humaines conviennent parfaitement. Mais je renoncerais pour toujours à me déclarer le partisan des dents humaines, si j'avais quelque soupçon qu'on pût penser que je ne désavoue pas hautement cette coutume barbare, qui consiste à extraire, au prix de quelque argent, une dent à un malheureux, pour la replanter immédiatement dans une autre bouche.

Je m'étonne que chez une nation aussi civilisée que la nôtre, la loi ne proscrive pas ce trafic odieux, dont les femmes du bon ton, dans le siècle dernier, se faisaient un jeu d'offrir le ridicule et atroce spectacle. Aujourd'hui, un acte semblable serait à peine supporté de la part d'une courtisane, et les femmes de la bonne société ont toutes le cœur assez droit pour éprouver un sentiment pénible à la vue d'un malheureux qui achète un peu d'or en se laissant mutiler.

Lorsqu'on n'a qu'une seule dent à faire remplacer, on doit presque toujours donner la préférence à une dent naturelle, qu'on aura le soin, bien entendu, de choisir saine, belle, et surtout semblable à celle dont elle est destinée à occuper la place. Quelques personnes refusent de se servir d'une dent qui a appartenu à un autre individu, craignant qu'elle ne transmette quelque maladie dont ce dernier aurait pu être atteint. Cette crainte est chimérique, et le raisonnement sur lequel elle s'appuie est un véritable préjugé. Lorsqu'une dent a été desséchée, nétoyée et préparée convenablement, elle ne conserve absolument rien de celui qui l'a fournie, et son emploi ne saurait offrir le moindre inconvénient.

Si c'est au Dentiste à fixer lui-même la substance dont les dents artificielles et les dentiers doivent être de préférence fabriqués, c'est aux personnes qui doivent en faire usage à se soumettre avec patience aux essais qu'il est obligé de répéter plusieurs fois, pour en assurer la confection et l'ajustement. C'est souvent à cause du peu de docilité qu'elles ont apporté à permettre de prendre d'exactes mesures, que quelques personnes renoncent à faire usage de ces pièces artificielles.

Enfin, pour retirer de ces différentes pièces tout l'avantage qu'on peut en attendre, dans l'articulation des sons et le broiement des alimens, il ne suffit pas qu'elles soient bien faites et parfaitement ajustées, mais il faut encore que ceux qui les portent se

soient habitués à leur présence. Le
temps, un peu de patience et une
adresse particulière, peuvent seuls
vaincre les difficultés qu'on éprouve
d'abord à les employer. Si quelques
jours suffisent pour qu'on puisse
parfaitement manger avec une ou
plusieurs dents artificielles, il serait
injuste d'espérer qu'un temps aussi
court suffira pour des dentiers com-
plets; car ce n'est guère qu'au bout
de trois mois, et même quelquefois
plus long-temps encore, qu'on parvient à les retenir parfaitement dans
la bouche, et à remplir tous les besoins auxquels on les destine.

Il est encore, pour pouvoir porter
sans inconvénient des pièces artificielles, une condition indispensable :
c'est que les différentes parties de la
bouche soient dans un état de santé
parfaite, surtout que les gencives
soient dures et vermeilles, nullement
saignantes ou douloureuses : sans

cette condition, ces pièces ne tardent
pas à occasioner des fluxions, et leur
présence devient tellement incommode qu'on ne peut la supporter.

C'est principalement pour les dents
à pivots, qui doivent rester à demeure
sur les racines encore solides sur lesquelles on les fixe ordinairement, qu'il
est essentiel d'être assuré de l'état de
la bouche; car la présence de ces corps
étrangers, quelque adroitement placés qu'ils soient, entretient, dans ce
cas, une douleur qui souvent exige
leur prompt enlèvement.

Néanmoins, si la douleur n'était
que très-faible, mais qu'il survînt une
fluxion qui se terminât par un petit
dépôt à la gencive qui avoisine la dent
aritficielle, il ne faudrait pas craindre
que cet accident passager mît dans
l'impossibilité de supporter la présence de cette dent; car, une fois que,
par des gargarismes émolliens et autres moyens appropriés à la circon-

stance, la fluxion aura cessé, la racine
qui porte le pivot reprendra insensiblement sa solidité, les petits abcès,
qui quelquefois sont devenus fistu-
leux, se tariront, et la dent rendra
les mêmes services que celle qu'elle a
remplacée.

Si c'est au Dentiste à reconnaître
l'état de la bouche sur laquelle il est
appelé à ajuster quelques pièces artificielles, c'est à la personne qui réclame ses soins à lui fournir, par l'exposé des accidens sous l'influence desquels elle a perdu les dents qu'elle
veut faire remplacer, un indice certain qui réglera la détermination qu'il
pourra prendre à cet égard. Par ce
moyen le premier s'évitera le désagrément de faire une opération inutile, et dont l'insuccès ne peut que
compromettre son art; la seconde élu-
dera l'inconvénient d'avoir aggravé,
par l'irritation que ces pièces déterminent toujours au moment de leur ap-

plication, une disposition maladive
que des soins, quelquefois bien légers,
ou un simple retard, auraient pu faire
disparaître.

C'est particulièrement chez les personnes délicates, de constitution ca-
tarrhale, comme le sont la plupart
des femmes qui ont constamment
habité le centre des grandes villes, ou
qui ont été affaiblies par quelques
maladies de longue durée, qu'il est
fréquent de rencontrer des gencives
molles, facilement saignantes, un peu
gonflées, parfois même fongueuses.
Cette disposition est tantôt le résultat
d'une affection locale, tantôt l'expression d'une altération générale de
l'économie. Dans le premier cas, elle
cède facilement à l'usage de l'un des
élixirs dont nous avons donné la composition dans le dernier paragraphe
du chapitre suivant, et employé en
gargarisme, dans le second, elle ne
peut être combattue avantageusement

que par une nourriture fortifiante sagement réglée, l'exercice en plein air et le séjour à la campagne, par tous les moyens enfin propres, soit à relever l'énergie de l'ensemble de la constitution, soit à rétablir l'équilibre détruit entre les fonctions.

Enfin les personnes qui portent des dents et toute autre pièce artificielle, doivent bien se persuader qu'elles ne sont point exemptes des soins de propreté auxquels doivent s'assujettir tous ceux qui tiennent à la fraîcheur de leur bouche, et surtout ceux qui n'ont pas une très-bonne denture.

Ces différentes pièces, quelle que soit la matière qui les compose, réclament une très-grande propreté; au défaut de cette propreté, elles perdent en très-peu de temps leur éclat, se ternissent, et même elles ne tardent pas à se couvrir de tartre, à se corroder ou se détériorer complétement, à ne plus imiter les dents

qu'elles doivent remplacer ou celles
qui les avoisinent, et à entretenir dans
la bouche une très-mauvaise odeur ;
aussi est-il indispensable de les enlever
souvent pour les nettoyer et les faire
réparer, et même entièrement renouveler au bout d'un certain temps.

Cette précaution regarde plus spécialement les personnes dont les digestions sont habituellement difficiles et
accompagnées d'échappement de gaz
par la bouche , et dont la salive est
dans les conditions requises pour
fournir une grande quantité de tartre.
Quelque avantageuses que soient les
dents artificielles faites en pâte minérale, elles ne dispensent jamais de
ces soins de propreté.

✿✿✿✿✿✿✿✿✿✿✿✿✿✿✿✿✿✿✿✿✿✿✿✿✿✿✿✿✿✿✿✿✿✿✿

CHAPITRE V.

DES SUBSTANCES EMPLOYÉES POUR CAL-
MER LES DOULEURS DE DENTS, POUR
LES ENTRETENIR CONSTAMMENT PRO-
PRES ET DANS LEUR ÉTAT DE BLAN-
CHEUR NATURELLE, ET POUR NEUTRA-
LISER LA MAUVAISE ODEUR QUE LES
DIFFÉRENTES AFFECTIONS DE LA BOU-
CHE PEUVENT FAIRE NAITRE.

----

§ Ier.

*Des moyens de faire cesser les dou-
leurs des dents, et du charlatanisme
que tant de gens emploient à cet
égard.*

Les différentes maladies des dents,
et le traitement qui convient à chacune

d'elles, appartiennent à la pathologie,
et non à l'hygiène, et, sous ce rapport,
j'aurais dû m'abstenir de parler des
douleurs que ces maladies occasionent; mais comme il n'est point indifférent de savoir distinguer celles de
ces douleurs qui ne sont que passagères et peuvent céder à quelques
moyens simples, de celles qui résultent de quelque altération profonde,
et qui exigent des opérations, souvent
même l'extraction, j'ai pensé qu'il
était convenable que je donnasse aux
personnes étrangères à l'art quelques
moyens de calmer ces douleurs, et
de soustraire par là leur bouche soit
à l'action pernicieuse de cette foule
de remèdes qu'emploient les charlatans, et que prônent les gens crédules,
soit à des mutilations qu'elles auraient
pu éloigner encore pour long-temps.

Parmi les douleurs auxquelles les
maladies assujettissent l'homme, il en
est peu de plus insupportables que

celles qui résultént de certaines maladies de dents; or il n'est pas éton-
nant que le traitement de ces douleurs
soit devenu l'objet des spéculations
d'une foule de charlatans. Le premier
instinct de l'homme qui souffre n'est-
il pas en effet de veiller à sa conservation, et de se soustraire à la douleur?
Presque toutes nos fonctions concourent à ce but, et si quelqu'une vient
à être dérangée, un penchant irrésistible nous porte à chercher avec empressement des secours partout où
nous avons quelque espoir d'en trouver.

Dans les angoisses de la douleur,
où l'imagination acquiert d'autant
plus de force que la raison s'affaiblit
davantage, nous acceptons les secours
du premier qui se présente, et qui
nous fait l'éloge de ses remèdes et la
récapitulation de leurs prétendus
succès. Ces hommes, dont la plupart
n'ont d'autre mérite que l'astuce et

le babil, n'ignorent pas que nous croyons facilement tout ce que nous souhaitons avec avidité ; ils s'emparent de l'imagination du malade, et lui font payer cher des secours presque toujours funestes.

L'imagination et le désir de guérir sont donc les propagateurs naturels du charlatanisme, qui est ensuite accueilli avec avidité par l'immense foule des sots, bien plus nombreux en effet que les gens d'un jugement solide. S'il s'adresse plus particulièrement aux maladies des dents qu'à toute autre, c'est que les douleurs que ces maladies occasionent sont d'autant plus insupportables, qu'elles ne troublent presque jamais le jeu des autres fonctions, et qu'elles détournent par conséquent de l'idée d'une maladie.

En vain l'expérience a-t-elle fait justice plus de mille fois de la plupart des remèdes, prétendus souverains, contre les maux de dents; l'aveugle

vulgaire s'obstine toujours à les rechercher avec empressement, et à les
recevoir avec admiration; et, chose
étrange ! il ajoute d'autant plus de
confiance à leurs vertus, que celui
qui les présente est plus dépourvu de
connaissances. Heureusement leur
vogue est aussi éphémère qu'elle est
grande; mais telle est la force de la
crainte de la douleur, qu'on s'abuse à
cet égard, et qu'une foule de gens ont
recours à leur usage. Ces remèdes,
qui ont paru avec tant d'éclat à différentes époques, ont tous fini par être
démasqués, et l'illusion dissipée n'a
laissé voir que les traces de leur dangereuse action.

Tout le monde sait que les maladies
des dents semblent être le principal
domaine des empiriques ; et ces gens
à opérations merveilleuses, ces charlatans exploitent la crédulité publique de toutes les manières, les uns

salissent les papiers publics d'annonces
mensongères, ils y vantent eux-mêmes
leur baume, leur élixir, spécifiques
universels contre tous les maux de
dents, comme si toutes les maladies
des dents avaient la même cause, et
comme si le même remède pouvait
guérir les diverses maladies dont ces
petits os sont affectés; les autres font
afficher et placarder, sur les murs de
la capitale, *une tête de femme* enve-
loppée d'un mouchoir, comme ensei-
gne d'une panacée odontalgique uni-
verselle.

Ces charlatans que l'intérêt guide,
poussent l'effronterie jusqu'à annon-
cer que ces baumes, ces élixirs ont
reçu et reçoivent journellement l'approbation des médecins et des chirur-
giens-dentistes les plus instruits et
les plus en renom de la capitale;
comme si ces médecins et ces chirur-
giens-dentistes pouvaient se respecter

assez peu pour prêter leur appui et leur recommandation à de tels interprètes de la science.

Les personnes qui vantent quelques uns de ces moyens curatifs disent qu'un instant après l'application elles ont été soulagées. Je suis plus heureux, moi, car je fais souvent cesser la douleur des dents en me présentant. Je n'ai souvent besoin que de paraître ou d'être annoncé, pour opérer ce miracle produit par la peur ; personne n'ignore que très-souvent toute douleur de dents cesse à la porte même du Dentiste.

Tout ces charlatans vantent et distribuent leurs drogues, solides ou liquides, qui doivent, disent-ils, dans l'instant de leur application, apaiser la douleur, et dont l'effet salutaire, quand il en résulte un tel, est toujours celui de leur imagination ; si ces baumes, ces gouttes, ces liqueurs n'avaient rien de pernicieux pour les

11

dents voisines de celle qui est malade,
ainsi que pour les gencives, et souvent
pour toute la membrane muqueuse
de la bouche, je laisserais la crédulté
être la dupe du charlatanisme; mais
quand, consulté par un malade, je
vois souvent une bouche toute ulcé-
rée, les dents voisines de la dent
cariée, toutes calcinées et condamnées
à une chute prochaine, mon devoir
n'est-il pas de m'élever contre cet
usage inconsidéré de livrer sa bouche
aux conseils et aux remèdes des gens
inspirés par le seul désir de gagner de
l'argent, ou des gens qui croient être
officieux en fournissant de pareils remèdes infaillibles!

Que le vulgaire accueille avec avidité tout ce qui tient du merveilleux,
et que, dans son jugement aveugle,
il donne la palme du mérite à l'impé-
ritie effrontée qui a l'art de le séduire,
la chose est croyable; mais que des
personnes qui ont reçu de l'éducation

soient la dupe de ces charlatans effron-
tés, qui, sous le titre frustré de dentistes, usent de mille supercheries,
et souvent de l'artifice le plus gros-
sier, c'est ce qu'on a quelque peine
à concevoir. Cependant cette espèce
de jonglerie ne laisse pas encore que
de prospérer dans le siècle éclairé où
nous sommes, et de trouver des partisans dans toutes les classes de la
société.

Pour faire voir jusqu'à quel point
sont ridicules les assertions qu'on
émet tous les jours sur les vertus de
telle composition que vendent les
charlatans, que donnent certaines
personnes officieuses, et que prônent
les gens crédules, je me contenterai
d'une seule remarque, c'est que ces
remèdes conviennent, non seulement
dans tous les cas, mais encore dans
toutes les espèces de maladies des
dents. En voilà assez, je pense, pour
montrer à quoi se réduit leur effica-

cité. Pourquoi les raisonnemens les plus sensés ne sauraient-ils donc désabuser, non leurs possesseurs, que l'intérêt ou l'amour-propre aveugle, mais ceux qui en font usage? (1)

S'il faut gémir de ce que des gens sans aveu font journellement des dupes et des victimes, combien n'est-il pas déplorable de voir des hommes titrés, opprobres de notre art, mus par la vile soif de l'argent, marcher sur les traces de tels imposteurs, ou d'hommes de bonne foi, mais ignorans et supersti-

-----

(1) Mais heureusement, au moment où je publie cette quatrième édition, une ordonnance de police médicale remet en vigueur les réglemens touchant les remèdes secrets ; espérons donc qu'enfin nous allons voir disparaître des murs de la capitale et des boutiques de quelques pharmaciens spéculateurs de la crédulité publique, ces annonces fallacieuses de spécifique et préservatif du mal de dents qui nuisent à ces organes plutôt que d'en assurer la conservation.

tieux, et chercher à s'établir une réputation par mille manéges plus bas les
uns que les autres! Si je voulais dévoiler la composition et le mode d'action
d'une foule de substances que vendent
encore aujourd'hui, comme des spécifiques infaillibles contre tous les maux
de dents, des Dentistes qui jouissent
de quelque crédit, je ne serais embar-
rassé que dans le choix des exemples
que je pourrais citer.

C'est cette conduite ridicule et ces
promesses fallacieuses qui ont aiguisé
contre nous les traits de la satire, qui
ne sont malheureusement que trop
justes dans une foule de circonstances,
mais qui nuisent à un grand nombre de
personnes, qu'une prévention défavorable pour notre art empêche de réclamer de nous des conseils qui, deman-
dés à propos, les mettraient à même de
conserver long-temps des dents légèrement altérées, et de se soustraire à tant
de douloureuses opérations auxquelles

l'imprévoyance et l'amour du merveilleux ne réduisent que trop souvent
notre ministère.

Quelques personnes pourraient objecter, à tant de justes allégations, que
certains Dentistes, consommés dans
leur art, possèdent des remèdes secrets
dont l'efficacité ne saurait être dou-
teuse. Cette assertion est celle qui nuit
le plus aux progrès du traitement de
toutes les maladies en général, et, en
particulier, de celles des dents, et qui
protége les menées peu délicates d'une
foule de Dentistes.

Mais, disons-le sans crainte, est-il
possible qu'un homme de bien se ré-
signe à rester seul possesseur d'un
moyen salutaire, et persiste à en faire
un secret? Quelle personne, nourrie
dans les principes d'une saine philosophie, ne mettra pas toute sa gloire
à publier ses découvertes, même au
détriment de sa fortune, s'il les croit
utiles à l'humanité?

D'ailleurs, grâces au progrès des sciences naturelles, la chimie qui porte partout le flambeau de l'analyse, semble nous mettre pour toujours à l'abri des remèdes secrets qui ne sont pour l'ordinaire que des substances connues depuis des siècles, que leur prétendus inventeurs décorent d'un nouveau nom plus ou moins bizarre, et dont il n'est pas diffiicile de dévoiler la composition.

Les remèdes propres à calmer les douleurs des dents doivent donc différer autant que les maladies desquelles dépendent ces douleurs peuvent différer elles-mêmes. Quels qu'ils soient, leur mode d'action se réduit, 1° à calmer l'inflammation dont la pulpe dentaire est momentanément le siége, ou qui des gencives ou de tout autre partie de la bouche se porte sur la dent; 2° à exciter une autre partie éloignée de la dent malade, et à absorber ainsi la douleur de cette dernière; 3° à asssoupir ou même éteindre la sensi-

bilité de la dent ; 4° enfin à soustraire
la partie malade de la dent à l'action
de l'air, des alimens, de toutes les
substances irritantes avec lesquelles
elle peut se trouver en contact.

On reconnaît qu'une douleur de
dent est produite par une inflammation
passagère, quand elle s'est développée
tout à coup sous l'influence d'un changement brusque de température, à la
suite de l'usage de quelque liqueur
forte. La dent douloureuse est intacte
ou peu altérée, la gencive voisine est
rouge et gonflée, et la douleur, souvent accompagnée d'un gonflement
des parties voisines, même d'une
fluxion de la joue, semble envahir tout
le côté de la mâchoire occupé par la
dent qui en est atteinte. Tous les
moyens qu'on emploie ordinairement
contre les inflammations des autres
parties, sont ceux auxquels on doit
avoir recours.

Ainsi cette douleur cède ordinaire-

ment aux gargarismes émolliens, faits
avec une infusion de fleurs de mauve
sucrée et prise chaude, à des fumiga-
tions émollientes dirigées sur la dent
malade. Si la gencive est extrêmement
tuméfiée, on est quelquefois obligé
d'appliquer une ou deux sangsues
sur cette partie. Ce moyen qu'on re-
pousse ordinairement est simple, car
il suffit d'enfermer la sangsue dans
un tube de verre, et de présenter son
extrémité buccale à la gencive, qu'elle
ne tarde pas à dégorger du sang su-
perflu. Une figue grasse bien cuite,
placée entre la dent malade et sa
corespondante, a suffi quelquefois
pour calmer une inflammation légère.

Les douleurs de dents occasionées
par l'action d'un agent irritant passager peuvent être apaisées, avons-
nous dit, par tous les moyens capables
de produire une diversion un peu considérable. N'arrête-t-on pas fréquemment des hémorrhagies nasales, en

11*

plaçant un corps très-froid, tel
qu'une clef, sur le cou ou le dos des
individus qui en sont atteints. Pourquoi alors par un moyen semblable
ne pourrait-on pas suspendre l'afflux
nerveux aussi bien que l'afflux san-
guin? Une affection morale vive, une
forte impression, réussissent quelquefois pour cela chez les personnes
très-nerveuses. C'est pour cette seule
raison que parfois, comme nous l'avons
déjà dit, la douleur de dent cesse
tout à coup à la porte du Dentiste.
C'est ainsi qu'on doit également expliquer l'effet brusque et inattendu de
diverses amulettes, qui ne devraient
avoir aucune espèce d'action, sans la
confiance qu'on a en elles, et surtout
sans les démonstrations imposantes
et l'appareil mystérieux qui accompagnent leur emploi.

En vertu du même principe, on
peut calmer des douleurs par des tein-
tures alcooliques, des huiles essen-

tielles appliquées sur les parties voisines de la dent malade, et par les emplâtres de cantharides ou les cataplasmes de moutarde posés sur les tempes ou au dessous des oreilles. Souvent même un purgatif un peu violent produit le même effet et avec la même promptitude.

Si la douleur est purement nerveuse, on peut la calmer au moyen d'un léger narcotique, comme un grain d'extrait gommeux d'opium, ou quelques gouttes d'huile de gérofle ou de canelle appliquées sur un morceau de coton qu'on introduit dans le trou formé par la carie, quand il en existe un. Une pâte formée par une décoction concentrée de racine de pyrèthre, de gingembre, de clou de gérofle et de canelle, réduite à la consistance nécessaire, remplit quelquefois très-promptement la même indication.

Toutes les propriétés de ces der-

nières préparations, auxquelles se
rapportent tous les prétendus spécifiques des charlatans, des bonnes femmes, etc., se réduisent : les narcoti-
ques à affaiblir la sensibilité de la dent,
les excitans à l'épuiser par l'augmen-
tation que leur première application
lui fait subir.

Quand la carie d'une dent est assez
profonde pour que la membrane qui
tapisse son intérieur soit à découvert,
on conçoit aisément combien il serait
illusoire d'espérer de faire cesser la
douleur qu'elle occasione par quelques
uns des moyens précédemment énu-
mérés. La douleur peut bien disparaître pour un instant, mais, aussitôt que
la dent sera de nouveau mise en contact avec l'air, elle renaîtra. Dans cette
circonstance, l'extraction est le seul
moyen auquel on doit avoir recours.

On voit donc que, quoique je me
sois élevé avec raison contre les promesses que les charlatans et une foule

de personnes imprudemment officieuses font à l'occasion de tant de prétendus spécifiques, qu'ils donnent
pour infaillibles à l'exclusion de tous
les autres, je ne prétends pas que certaines substances appliquées sur une
dent ne puissent contribuer à faire
cesser les douleurs dont elle peut être
le siége ; mais, je le répète, aucune de
ces substances n'agit autrement que
celles dont je viens de parler. Soutenir le contraire serait le fait de l'impos-
ture ou de l'ignorance.

Il reste donc évidemment démontré
que toutes les personnes qui tiennent
à conserver leurs dents, doivent pour
apaiser les douleurs dont ces organes
sont si souvent le siége, s'adresser à
un chirurgien dentiste. Il possède pour
cet effet tous les moyens qui peuvent
être employés avec succès, et avec
cette différence si importante à prendre en considération, qu'il sait les employer à propos, et que, quand la rai-

son lui démontre qu'ils ne peuvent avoir aucun résultat avantageux, il évite aux personnes qui souffrent un temps qui donne souvent à la maladie les moyens d'augmenter, en leur en substituant quelques autres. Si le mal est le résultat d'une altération profonde de la dent, qui la mette au dessus des ressources de son art, il en conseillera le sacrifice, et garantira ainsi par cette sage détermination les parties voisines de l'atteinte du mal.

§ II.

De la composition des diverses préparations propres à calmer les douleurs des dents, à raffermir les gencives, et à tenir dans un état de propreté constant les différentes parties de la bouche.

Une foule de préparations peuvent remplir l'une ou l'autre de ces trois indications; mais je ne donnerai ici que les formules simples, faites avec deux ou trois substances, dont l'effet est bien connu et dont le mélange n'est point susceptible de donner lieu à de nouveaux produits en se décomposant.

Toutes les recettes, dit avec raison Gariot (1), dans lesquelles on fait entrer une foule de drogues qui ont des propriétés analogues, et quelquefois très disparates, forment des mélanges bizarres qui ne valent pas ceux qu'on obtient par la combinaison de deux ou trois substances dont les qualités sont le mieux reconnues.

---

(1) Ouvrage cité.

Elixir propre à être employé le matin pour se rincer la bouche, avant et après l'emploi de la brosse et de la poudre dentifrice.

Prenez :

Eau-de-vie de gaïac. . . . . . . 6 onces ;
Eau vulnéraire spiritueuse. . . . . 6 onces ;
Huile essentielle de menthe.. . . . 4 gouttes.

On peut aromatiser cet élixir avec toute autre substance que la menthe, comme le gérofle, l'ambre, la rose, etc. Quelques Dentistes y ajoutent un peu d'éther sulfurique, qu'il faut bien se garder de confondre avec l'acide du même nom, dont l'action corrosive, quand il n'est pas employé avec la plus grande discrétion, peut produire les accidens les plus graves. On verse deux ou trois gouttes de cette liqueur dans l'eau dont on se sert avant et après l'emploi de la poudre dont on aura jugé convenable de faire usage.

Cet élixir convient aux personnes dont la bouche est dans un état de santé parfaite; mais celles qui auraient, soit quelques dents cariées, soit les gencives habituellement saignantes ou l'haleine très-forte, ce qui ne dépend pas toujours d'une carie des dents, mais tient très-souvent à une irritation chronique de la membrane qui tapisse toute la bouche, feraient bien de lui substituer la préparation suivante qui s'employe de la même manière.

Prenez :

Eau-de-vie de gaïac préparée... 4 onces ;
Eux-de-vie camphrée. . . . . . 1 gros ;
Essence de menthe. . . . . 6 gouttes ;
Essence de cochléaria.. . . . . . *idem ;*
Essence de romarin. . . . . . . 10 gouttes;

Elixir odontalgique.

Prenez :

Gérofle
Opium   } de chaque. . . . . . . 2 gros ;
Canelle
Pyrèthre. . . . . 1 gros ;
Résine. . . . . 1 demi-once;
Eau-de-vie à 22 degrés. . . . . 8 onces.

Cet élixir, qui serait trop actif pour l'emploi journalier, comme objet de toilette, arrête quelquefois comme par enchantement certaines douleurs de dents. Il convient particulièrement à celles qui semblent être toutes nerveuses. Néanmoins dans celles qui sont purement inflammatoires, il a très-souvent suffi pour les suspendre tout-à-coup. Mais dans cette dernière circonstance, son emploi est moins rationnel que dans la première. On l'emploie en en imbibant un morceau de coton qu'on applique sur la dent ma-

lade, ou qu'on introduit dans sa cavité, quand elle est cariée.

Elixir propre à raffermir les gencives.

Prenez :

Eau vulnéraire spiritueuse. . . . . 8 onces ;
Esprit de cochléaria. . . . . 1 once ;
Huile essentielle de gérofle.. . . . 5 gouttes.

Cet élixir convient aux personnes
dont les gencives sont habituellement
saignantes ou blafardes, et abandonnent le collet de la dent, qui, manquant de soutien, devient chancelante
et cède aux plus légers efforts. On l'emploie étendu dans l'eau, car s'il était
employé pur il substituerait une inflammation active des gencives à l'irritation passive dont elles sont ordinairement frappées dans ce cas.

Dans le cas où l'état saignant et fon-
gueux des gencives serait évidemment

dû à une disposition scorbutique, on
se trouvera toujours très bien de substituer à ces différens élixirs le gargarisme suivant :

Prenez :

Décoction de racine de patience.. . 6 onces ;
Miel écumé. . . . . 1 once ;
Acide sulfurique. . . . . 3 gouttes.

Il y a dans les saisons froides une incommodité à laquelle sont plus particulièrement sujettes les personnes d'un
tempérament lymphatique, qui à ces
mêmes époques sont fréquemment
aussi tourmentées de maux de gorge,
de coryza, ou rhume de cerveau ; c'est
le gercement des lèvres : je crois devoir donner ici la manière de faire soi-
même la pommade la plus agréable et
en même temps la plus avantageuse
qu'on puisse employer à ce sujet.

Prenez :

Huile d'olives ou d'amandes douces. 2 onces ;
Cire blanche. . . . . 1 demi-on.
Eau de roses. . . . . *idem.*

On coupe la cire par petits mor-
ceaux, et on la met dans un vase assez solide pour qu'il puisse résister à
la fusion de la cire ; on verse l'huile
par dessus et on fait chauffer le pot au
bain-marie. Quand la cire est fondue,
on la coule dans un mortier, on ajoute
l'eau de rose, et on l'agite jusqu'à ce
qu'elle soit entièrement refroidie ; autrement on aurait un cérat grumeleux
et inégalement coloré.

La disposition particulière en vertu
de laquelle les lèvres se gercent, tient
très-souvent à la susceptibilité extrême de toute la membrane muqueuse
qui tapisse la bouche ; aussi les personnes qui pendant l'hiver sont tour-

mentées de cette légère incommodité,
sont-elles, comme nous venons de le
dire, fréquemment affectées d'angine
ou de maux de gorge. Le gargarisme
le plus adoucissant qu'on puisse employer contre cette dernière affection,
est sans contredit celui-ci.

Prenez :

Décoction de fleurs de mauve ou de
    racines de guimauve. . . . . . 8 onces ;
Miel rosat. . . . . 6 onces.

Enfin, les personnes qui ont la bouche fréquemment recouverte d'aphtes
indolens, font usage avec succès du
gargarisme détersif suivant, qui convient également dans les cas ou l'évulsion d'une dent aurait entraîné une ulcération indolente et fongueuse de la
gencive ou de la membrane qui la tapisse :

Prenez :

Feuilles d'aigremoine. } de chaque une pincée.
Feuilles de ronces. . . }

Faites bouillir dans huit onces d'eau commune, ajoutez une once et demie de miel rosat, et une cuillerée de chlorure d'oxide de sodium.

Pastilles pour la Bouche.

Prenez :

Cachou. . . . . 2 gros ;
Corail.. . . . . 4 gros ;
Sucre.. . . . . 2 gros ;
Essence de canelle.. . . . . 10 gouttes ;
Mucilage, suffisante quantité pour faire des pastilles de dix grains chacune.

Ces pastilles conviennent particulièrement aux personnes qui ont l'haleine fétide; elles doivent en placer une dans leur bouche toutes les fois qu'elles ont à faire les frais d'une conversation particulière, ou qu'elles veulent se présenter dans le monde.

Autres pastilles.

Prenez :

Chlorure de chaux sec. . . . . 1/2 once ;
Sucre blanc. . . . . 8 *idem.*
Amidon. . . . . 1 *idem.*
Gomme adragante. . . . . 1 gros.

Faites selon l'usage des pastilles de trois grains que l'on peut prendre à la dose de trois à quatre dans l'espace de deux heures. Ces deux espèces de pastilles, dont la dernière est due aux recherches que j'ai faites il y a quatre ans sur le chlorure de chaux pour la désinfection de l'haleine, conviennent particulièrement aux personnes qui ont l'haleine fétide.

Poudre Dentifrice.

Prenez :

Terre sigillée préparée.. . . . . . . 5 onces ;
Crême de tartre. . . . . 2 onces ;
Gérofle. . . . . 1 scrupule.

Elle suffit ordinairement aux personnes qui ont les dents habituellement blanches.

Autre plus compliquée.

Prenez :

Pierre-ponce.	6 onces ;
Crême de tartre..	2 onces ;
Laque carminée.	1 once ;
Canelle fine.	2 gros.

De même que la première, cette poudre est propre à conserver l'éclat naturel de l'émail ; elle peut même être employée dans le cas où cet émail aurait besoin d'être rappelé à un état de blancheur que lui aurait fait perdre la négligence qu'on aurait apportée dans les soins journaliers que réclame la propreté de la bouche ; mais , de même que la première, elle est composée de substances qui ne communiquent aucune couleur aux parties sur lesquelles on l'applique ; aussi je crois

12

devoir donner ici la composition d'une
poudre également simple, mais qui,
à l'avantage de blanchir parfaitement
les dents, joint celui de donner aux
lèvres et aux gencives une belle couleur rose qui dure une grande partie
de la journée.

Prenez :

Corail rouge. . . . . 4 onces ;
Sang-dragon. . . . . 1 once ;
Carmin fin. . . . . 1 demi-dragme ;
Ecorce de citron. . . . . 2 dragmes ;
Sucre blanc. . . . . 1 demi-once.

Quand on veut préparer soi-même
ces différentes poudres, on ne saurait
trop avoir le soin de porphyriser toutes
les substances qui doivent les composer, pour les réduire en poudre impalpable et les mélanger exactement ;
car, sans cette précaution, elles ne
seraient pas seulement désagréables,
mais elles nuiraient aux dents.

OPIATS.

Pour faire les différens objets dentifrices, on prend les poudres ci-
dessus indiquées, et on les mêle avec
une quantité suffisante de miel de
Narbonne purifié.

Telles sont la plupart des préparations qui doivent composer, presque
exclusivement, la pharmacopée dentaire ou buccale. La plupart des poudres et autres préparations qu'on vend
dans le commerce, sont en général
composées de substances ou dangereuses par elles-mêmes, ou mal préparées.

Presque toutes les eaux qu'on vend
pour blanchir les dents contiennent
de l'acide muriatique ou sulfurique,
dont l'emploi habituel doit infailliblement les altérer; car, bien que la réaction vitale dont jouissent les dents, de
même que tous les autres organes vi-

vans, s'oppose, jusqu'à un certain
point, à la décomposition de l'émail
par les acides, il est toujours constant
que ces agens destructeurs pourraient
avoir une action très-pernicieuse sur
les dents des personnes faibles, dont
les différentes parties de la bouche ne
jouissent pas d'une grande force de
réaction, et notamment sur les dents
affectées d'un commencement de carie.

C'est cette considération qui engage
la plupart des Dentistes à tenir chez
eux-mêmes un dépôt des différentes
compositions que leur expérience particulière leur a prouvées être du meilleur usage; aussi les personnes qui
voudraient s'éviter le désagrément de
les préparer elles-mêmes, feront-elles
toujours très-bien de se les procurer
chez le Dentiste qu'elles ont honoré
de leur confiance.

EXPOSÉ

DES EXPÉRIENCES PROPRES A CONSTATER L'EFFICACITÉ DU CHLORURE DE CHAUX, DANS LA DÉSINFECTION DE L'HALEINE, QUELLE QUE SOIT LA CAUSE DE SA FÉTIDITÉ.

I.

Son efficacité dans le cas de carie.

L'EFFICACITÉ du chlorure de chaux pour la désinfection des matières animales et végétales en putréfaction, et

pour la destruction subite et immé-
diate de l'odeur qu'elles répandent,
n'est un doute aujourd'hui pour personne. Les corps savans ont regardé
la découverte des propriétés de cet
agent chimique comme une des con-
quêtes les plus remarquables et les
plus importantes qu'aient faites les
sciences, de notre époque ; et les arts
ont bientôt réalisé les brillantes espé-
rances qu'on était en droit de concevoir de son application aux besoins
de la société. Mais, de cette propriété
incontestable du chlorure de chaux,
peut-on conclure qu'il peut détruire
la fétidité de l'haleine? c'est une question pour laquelle l'analogie permet-
tait d'entrevoir une réponse affirma-
tive, mais sur laquelle aussi des expériences positives et dégagées de cet
esprit d'enthousiasme ou de spécu-
lation, qui préside à tant de recherches, pouvaient seules permettre de
se prononcer avec confiance. Ces

expériences, je les ai faites ; elles m'ont donné le résultat le plus satisfaisant, et je crois rendre un service à toutes les personnes qui auraient une haleine fétide ou seulement *pénétrante*, en exposant celles de ces expériences qui ont tout le caractère d'authenticité propre à entraîner à la conviction.

Je les ai répétées en présence de plusieurs médecins et chimistes distingués, qui ont applaudi à l'idée seule de mes recherches, et qui ont donné leur approbation au résultat heureux auquel elles m'ont conduit.

Voici celle sur laquelle j'ai basé mes premiers essais.

Monsieur de *** avait les quatre premières grosses molaires entièrement affectées d'une carie humide, et qui exhalait une odeur animalisée insupportable. Je l'engageai vainement à se débarrasser de ces dents ; la crainte de la douleur l'emporta sur tous mes raisonnemens et sur mes sollicitations. Cependant, bien convaincu de la fétidité de son haleine, et ne se faisant point illusion sur la gêne que répand autour d'elle la personne qui se trouve dans sa position, et que sa fortune force à fréquenter le monde, M. de *** ne cessait de me prier de lui indiquer le moyen, non de masquer, mais de neutraliser pour quelques heures l'odeur qui provenait de la carie de ces dents. Je songeai dès lors à faire quelques essais sur le chlorure de chaux.

Ces premiers essais, quoiqu'ils ne m'eussent point satisfait entièrement, me flattèrent néanmoins; car le point essentiel, pour moi, était d'être bien convaincu de l'action du chlorure de chaux sur la fétidité de l'haleine. Je songeai, dès lors, à le faire entrer dans une préparation qui ne diminuât en rien son efficacité, mais plus commode pour le nombre infini de personnes qui pourraient en avoir besoin ; en un mot, de le rendre portatif, afin que chacun pût s'en servir à tout instant. Je jetai mes vues sur des pastilles, comme remplissant ces diverses conditions. Dans cette intention, je fis plusieurs essais de pastilles qui furent d'abord loin de répondre à mon attente ; mais, après bien des combinaisons, je parvins au résultat désiré, et je remis à M. de *** une boîte de ces nouvelles pastilles, qui ont constamment répondu à son attente, c'est-à-dire qui ont constamment détruit, pour plusieurs heures, la fétidité de son haleine.

Ne perdant jamais de vue que l'action des substances médicamenteuses est souvent relative aux individus, et que ce qui agit sur une personne peut ne pas agir sur une autre, je fis prendre de ces pastilles à un très-grand nombre de personnes qui avaient l'haleine fétide, et qui étaient

12*

redevables de ce désagrément à la présence des dents cariées, et elles n'ont échoué dans aucun cas.

II.

Son efficacité dans la mauvaise haleine, provenant des poumons et de l'estomac.

La carie des dents est bien sans contredit la cause la plus fréquente de la fétidité de l'haleine; mais cette cause, pour être la plus commune, n'est assurément pas la seule. L'haleine peut être viciée par plusieurs maladies des poumons, de la gorge, des gencives, de l'estomac. Il est peu de femmes même qui, à certaines époques, soient totalement exemptes de cet inconvénient. Le chlorure de chaux, ou du moins la combinaison de cet agent chimique avec d'autres substances, peut-il détruire la fétidité de l'haleine dans ces diverses circonstances? On est d'abord tenté de répondre par la négative; car, dans le cas d'inflammation de la gorge, de l'estomac, du poumon, l'air expiré ne s'est trouvé en contact avec aucune matière en putréfaction, comme lorsqu'il traverse une bouche garnie de dents cariées. L'expérience prouve néanmoins que le chlorure n'est pas moins efficace dans ce cas que dans celui pour lequel j'avais déjà constaté d'une manière irrévocable ses propriétés. Appelé à nettoyer la bouche d'une jeune dame affectée d'une inflammation chronique de la poitrine, je fus frappé de l'odeur désagréable de son haleine, dont il m'était impossible d'attribuer la fétidité à aucune carie des dents, puisqu'elle avait ces organes dans un état de parfaite intégrité. Je cherchai vainement à masquer cette odeur désagréable par des gargarismes spiritueux; je lui fis alors prendre quelques unes des pastilles que j'avais employées avec tant de succès dans le cas de carie, et l'odeur nauséabonde

qu'exhalait sa bouche disparut tellement que, tout le temps que dura le
nettoiement de ses dents, je n'en fus
nullement incommodé.

Jaloux de cette nouvelle découverte, je priai plusieurs médecins de
me conduire auprès de quelques malades atteints de l'une des différentes
maladies précédemment désignées, et
dont l'haleine était sensiblement viciée. J'ai constamment réussi, au
moyen de ces pastilles, à détruire
l'odeur qui s'exhalait de leur bouche.

Quant aux dames auxquelles j'en ai
conseillé l'usage dans certaines époques où leur haleine est rarement
pure, elles n'ont jamais été trompées
dans leur attente.

III.

Son efficacité contre l'haleine des fumeurs.

Si une erreur dans les sciences exactes conduit fréquemment à une autre erreur, une découverte mène aussi très-souvent à une découverte. Convaincu, par les observations et les expériences précédentes, que le chlorure de chaux avait, outre la propriété de détruire la fétidité de l'haleine provenant de la carie des dents, celle d'enlever cette odeur nauséadonde qu'exhale la bouche de certaines personnes dont les dents ne sont point altérées, je songeai à rechercher si les pastilles qui contenaient ce produit chimique pourraient détruire l'odeur forte et pénétrante que porte l'haleine des fumeurs, et même des personnes qui ont mangé de l'ail ou autre subs-

tance d'une odeur *piquante.* Je réunis
à cet effet plusieurs personnes de mes
amis, parmis lesquelles se trouvaient
deux médecins. Je les priai de fumer
chacun un cigare, et de broyer ensuite entre leurs dents trois ou quatre
de mes pastilles. Mon plaisir fut égal
à leur étonnement, quand tous furent
convaincus de cette nouvelle vertu du
chlorure de chaux, que la connaissance de ses propriétés chimiques permet-
tait à peine de soupçonner. Profitant
de cette circonstance pour les expéri-
menter contre une légère odeur de l'ail,
elles ont également réussi.

Tel est le résumé exact des expériences que j'ai faites pour constater
l'efficacité du chlorure de chaux pour
la désinfection de l'haleine. Mon intention était d'abord de ne pas donner de la publicité à ces recherches,
et de me contenter de borner au cercle de ma pratique l'emploi des pastilles que je préparais. Mais, voyant

avec quel intérêt les personnes qui ont le déplorable inconvénient d'avoir l'haleine fétide, recherchent les préparations que l'avide charlatanisme leur offre pour masquer ce défaut, j'ai cru que je leur rendrais un service en leur indiquant un moyen sur l'efficacité duquel il ne peut s'élever aucun doute, quand il est disposé d'une manière convenable, et combiné dans de justes proportions aux substances qui doivent assurer son action.

Sans doute, ces hommes qui spéculent sur les besoins de la société, et qui, pleins de confiance dans la crédulité publique, proposent des remèdes pour tous les maux, et des correctifs pour toutes les infirmités, ne manquéront pas de faire l'objet d'importantes spéculations du chlorure de chaux, dont je crois avoir, le premier, mis hors de doute l'action désinfectante pour l'haleine. Mais les difficultés que j'ai eu à vaincre pour arriver au résultat désiré, me font pressentir que les préparations du chlorure de chaux qu'on livrera dans le commerce, comme cosmétique propre à détruire la fétidité de l'haleine, se ressentiront long-temps de la précipitation avec laquelle on aura cherché à exploiter la circonstance.

Dans l'intervalle qui s'est écoulé depuis la publication de la première édition de cet ouvrage jusqu'à ce jour, je me suis appliqué à faire de nouvelles recherches et de nouvelles expériences sur les propriétés du *chlorure de chaux,* et je suis parvenu à combiner cette substance d'une manière satisfaisante avec mon *élixir dentifrice,* de telle façon que, non-seulement mon élixir a la qualité tonique désirable pour l'emploi auquel on le destine, mais encore qu'il a la propriété de désinfecter la bouche, double avantage qu'on n'avait encore pu réunir jusqu'à ce jour.

Cette légère addition de chlorure dans mon élixir est d'autant plus avantageuse, que c'est surtout le matin que la bouche exhale une odeur fétide et animalisée, que son emploi fait entièrement disparaître : en fortifiant les gencives, il raffermit les dents chancelantes, et est surtout d'un secours très-efficace pour faire disparaître les aphtes, de quelque nature qu'elles soient.

L'emploi de cet élixir dans tous les cas de désinfection de l'haleine, quelle que soit la cause de sa fétidité, m'a, depuis mes nouvelles recherches et mes nouvelles expériences, paru tellement supérieur aux pastilles chlorurées, que j'ai cessé de confectionner ces dernières pour me livrer entièrement à la composition de mon *Élixir tonique et désinfectant.*

FIN.

TABLE

DES MATIÈRES.

CHAPITRE PREMIER.

De la sortie des premières dents, et des moyens de prévenir et d'arrêter les maladies qu'elle peut occasioner.

CHAPITRE II.

De la seconde dentition, et des précautions qu'elle nécessite pour s'effectuer régulièrement.

CHAPITRE III.

*Application des règles générales de l'hygiène
ou des lois de la santé à la conservation des
dents.*

CHAPITRE IV.

*Des règles suivant lesquelles doivent être diri-
gés les soins particuliers qu'exige la propreté des dents.*

CHAPITRE V.

Des substances employées pour calmer les dou-
leurs de dents, pour les entretenir constam-
ment propres, et dans leur état de blancheur
naturelle, et pour neutraliser la mauvaise
odeur que les différentes affections de la
bouche peuvent faire naître.

Exposé des expériences propres à constater
l'efficacité du chlorure de chaux dans la
désinfection de l'haleine, quelle que soit
la cause de sa fétidité.

I.

II.

III.

FIN DE LA TABLE.

www.ingramcontent.com/pod-product-compliance
Lightning Source LLC
Chambersburg PA
CBHW071807020726
47502CB00004B/1028

* 9 7 8 2 0 1 3 0 1 7 7 8 7 *